바일간 021

윤수란 장편소설

서유재

차례

두 개의 지렁

밤바람은 차가웠다. 콧속으로 들어온 바람의 찬 기운이 몸속으로 그대로 전해졌다. 가을 색으로 물들기 시작한 나뭇잎들도 사르르 몸을 떨었다.

하루 중 가장 좋아하는 새탈 시간. 검은색 헤드폰, 풍덩한 후드 집업, 좋아하는 바지를 입고 허리띠는 무릎까지 늘어뜨렸다.

나는 발걸음을 재촉했다. 곧 제은이 나올 시간이다. 제은은 열두 시 십오 분에 스터디 카페를 나선다. 그 애의 집까지는 걸어서 팔 분 정도. 나는 멀찍이 떨어져서 제은을 배웅한다. 말 한 마디 없이 걷는 그 길이 좋다. 우리들의 무언의 대화시간. 언젠가 진짜 대화를 하며 걷는 날도 올까. 괜히 부끄러워진다. 아니, 아니야, 고개를 젓는다. 열두 시 오 분. 저 앞에 스터디 카페가 보인다.

쿵.

뭐지? '퍽' 혹은 '픽'으로도 들렸을 법한 소리다. 제법 큰 소리였다. 나는 본능적으로 몸을 낮췄다. 반사적으로 눈이 감겼다. 웅크린 채 잠시 그대로 있었다. 더는 아무 소리도 들리지 않는다. 나는 살며시 눈을 떠 보았다. 별다른 위험은 느껴지지 않았다. 천천히 몸을 일으켰다. 상쾌한 바람도, 날아갈 듯 가벼웠던 기분도 그대로다.

띠링.

그때 문자가 도착했다.

> 지령1.
> 플랫폼Z를 찾아오시오.
>
> 00:07

발신 번호는 없다.

누구지? 혹시 잠에서 깬 엄마인가? 설마.

엄마는 문자보다 전화를 선호한다. 내가 없다는 걸 알아차렸다면 당장 전화부터 걸어왔을 것이다.

누가 장난을 치나? 어, 그러고 보니 음악은 왜 끊겼지?

음악만이 아니었다. 휴대폰의 다른 기능들이 모두 먹통이다. 다이얼도 눌리지 않고 인터넷 접속도 안 됐다. 더 큰 문제는 내가 어디에 있는지 도통 모르겠다는 거다. 갑자기 모든 것이 낯설어졌다.

> 지령1.
> 플랫폼Z를 찾아오시오.

다시 문자가 왔다. 이번에는 발신 시간 없이 약도가 첨부되었다. 약도에는 빨간 점이 깜빡이고 있다. '헬로마트 지하하역장'이라는 문구와 함께.

하아, 아무래도 꿈을 꾸고 있나 보다. 따라가 보자. 꿈이라면 두려울 게 없다. 어차피 잠에서 깨면 끝이니까.

나는 약도를 확대했다.

백마아파트를 지나 스타오피스텔에서 우회전. 백 미터가량 직진한 후 좁은 골목으로 좌회전. 약도대로라면 삼십 미터를 더 직진해야 했다. 그때 뒤에서 인기척이 났다. 음악이 나오지 않는 헤드폰은 주변 소리를 둔탁하게 통과시켰다. 신발끈을 묶는 척 쭈그려 앉았다. 그러자 뒤따르던 인기척도 멈췄다. 흘끗 돌아보니 흰색 원피스를 입은 여자가 서 있었다. 여자는 휴대폰을 들여다보고 있었다. 나는 다시 걷기 시작했다. 이제 우회전을 하면 헬로마트가 나올 것이다. 재빨리 골목으로 쑥 들어가 뒤를 살폈다. 곧바로 원피스가 골목을 지나쳐 갔다. 적이라도 따돌린 양 안심이 되었다. 자, 이제 우회전을 했으니 이대로 직진이다. 몸을 돌리는데 순간 눈앞에 허연 것이 불쑥 올라왔다.

혁.

허연 물체가 스르르 뒤돌아보았다. 나는 뒷걸음질을 쳤다. 할머니였다. 백발이 성성한 할머니. 흰머리와 달리 눈썹은 검었고 이마와 미간에 굵은 주름이 패어 있었다. 약간 충혈되어 보이는 눈은 날카로운 눈빛을 띠고 있었다.

"혹시 이 동네 사니? 나는 여기를 찾고 있는데."

놀란 마음을 진정시키기도 전에 다짜고자 휴대폰을 들이밀며 반말이다. 끝이 갈라지는 중저음의 목소리. 마녀가 있다면 이런 목소리일까. 외모도 목소리도 으스스하다. 머리카락까지 완전 백발.

백발마녀가 내민 휴대폰을 보니 나와 같은 약도다.

"저기……."

뒤에서 작은 목소리가 들렸다. 아까 그 원피스다. 원피스가 내민 휴대폰에도 역시 같은 약도가 떠 있다. 어라? 이 여자는 신발도 안 신었네. 아무리 꿈이라지만 너무하다. 드라마도 이렇게 쓰면 욕먹을 텐데. 백발마녀에 맨발의 원피스, 정말 이상한 꿈이다.

나는 대답 대신 앞서 걸었다. 이 꿈에서 내가 할 수 있는 것은 목적지를 찾아가는 것 말고는 없다. 거부할 권리 따위는 없다. 꿈은 원래 그런 거다.

골목을 빠져나오자 건너편에 헬로마트가 보였다. 도로는 텅 비어 있고 신호등은 주황불을 깜빡이고 있었다. 길을 건너 곧장 헬로마트로 향했다. 지하로 내려갈 수 있는 주차장은 셔터가 내려져 있고 그 옆으로 보이는 작은 철문도 닫혀 있다.

"하역장이라면 여기 지하일 것 같은데."

백발마녀가 앞으로 나오더니 철문 손잡이를 잡았다. 주차장 셔터까지 내려져 있는데 철문이 열려 있을 리가……, 있었다. 백발마녀가 손잡이를 돌리자 단단해 보이던 철문이 너무 쉽게 열렸다.

내가 다시 앞장섰다. 백발마녀가 뒤를 따랐다. 원피스의 발소리는 들리지 않았다. 돌아보니 계단 내려오기를 머뭇거리고 있었다.

계단은 어두웠다. 눈을 가늘게 뜨고 초점을 맞추려 애써 보았지만 아무것도 보이지 않았다. 멈추어야 하나 생각하는 순간 불이 들어왔다. 먹통이던 휴대폰에서 플래시가 자동으로 켜졌다. 세 개의 불빛이 바닥을 비추었다.

지하 2층까지 내려오자 하역장이라는 표지가 붙어 있었다. 함부로 놓인 지게차 몇 대와 대형 박스들이 눈에 들어왔다.

여기가 플랫폼Z?

이상했다. 그때 떨리는 손가락이 내 눈앞에 스윽 나타났다. 핏줄이 그대로 들여다보일 것 같은 투명한 피부였다. 원피스가 가리킨 곳에는 지게차가 있었다. 자세히 보니 지게차 뒷벽은 다른 벽들보다 유난히 검었고 그 위에는 Z자가 옅은 회색으로 빛나고 있었다. 이번에는 백발마녀가 앞장섰다. 지게차와 벽 사이 틈으로 들어가 벽에 손을 댔다. 벽이 자동문처럼 스르륵 밀리며 새로운 공간이 나타났다.

플랫폼Z는 온통 은회색이었다. 벽은 무광의 은회색 스테인리스, 바닥은 벽보다 짙은 회색이었다. 허공에 플랫폼Z라고 쓰인 엘이디 전광판이 보였다. 모든 것이 반듯하고 깔끔했다.

띠링.

그때 다시 문자가 왔다. 세 개의 휴대폰에서 동시에 알림음이 울렸다.

> 지령2.
> 곧 들어오는 열차 1번 칸에 탑승하시오.

갑자기 열차에 타라고? 열차가 어디에 있는데? 나는 두 사람을 흘끔 쳐다보았다. 두 사람도 어리둥절하긴 마찬가지인 것 같았다.

자정이 막 지난 시간에 첫 지령을 받았고, 곧장 이곳으로 왔다. 사람들은 깊은 잠 속에 빠져 있을 시간이다. 엄마도 그럴 거다. 그래, 나도 깊은 잠 속에 빠져 지금 이런 꿈을 꾸는 거겠지.

곧 바닥에서 옅은 진동이 느껴졌다. 가벼운 바람이 불어와 머리를 흩날렸다. 꿈이라고 하기에는 너무 생생하다. 그 순간 검은 열차가 미끄러져 들어왔다. 기차가 내는 낮은 소음이 허밍처럼 느껴졌다. 열차는 마치 검은 직사각 상자처럼 보였다. 출입구도 창문도 보이지 않았다.

열차가 완전히 멈추자 열차 측면에 분홍색 글씨가 나타났다. 그리고 틈이 전혀 보이지 않았던 벽체에서 딱 문 크기만큼의 벽이 자동문처럼 열렸다. 열린 문 사이로 따스한 노란 불빛이 흘러나왔다. 딩동 소리와 함께 '플랫폼Z'라고 쓰여 있던 엘이디 전광판에 숫자 60이 나타났다. 숫자는 빠르게 줄고 있었다.

59, 58, 57, 56, 55……

내가 망설이는 사이 백발마녀가 먼저 열차에 올랐다. 따뜻하고 포근해 보이는 불빛 속으로 들어가는 백발마녀의 뒷모습이 편안해 보였다. 어차피 다른 선택지가 있는 것도 아니니까.

48, 47, 46, 45, 44, 43……

나도 열차에 올랐다.

객실은 불빛만 따스한 것이 아니었다. 낮은 원목 탁자와 핑크색 안락의자가 세 개. 작은 창에는 하늘거리는 커튼이 드리워져 있다. 벽에는 탐스러운 과일들을 그린 정물화가 황금빛 액자에 담겨 걸려 있다. 백발마녀는 이미 의자에 앉아 있었다. 의자를 보니 피곤함이 몰려왔다.

"이제야 좀 살겠네."

백발마녀는 숨을 깊게 내쉬며 말했다. 나도 백발마녀의 맞은편에 놓인 의자에 앉았다. 폭신했다. 부드러운 솜이 내 몸을 빈틈없이 받쳐 주는 느낌이었다.

원피스는 여전히 문 앞에서 머뭇거리고 있었다. 전광판의 숫자는 13에서 막 12로 넘어갔다. 앞머리가 길게 내려와 잘 보이지 않았지만 표정이 무척 어두웠다. 울고 있거나 울고 싶은 얼굴이랄까. 숫자는 어느새 11을 지나 10으로 바뀌었다.

"어서 올라와요. 어디로 갈는지 몰라도 같이 한번 가 봅시다."

백발마녀의 목소리는 굵은 만큼 힘이 있었다. 원피스가 기차 쪽으로 한 발 다가왔다. 그러다가 보이지 않는 팔에 붙들린 듯 다시 제자리로 돌아갔다. 다시 두어 걸음 힘겹게 내딛었다가는 도로 제자리.

7, 6, 5.

내려가서 팔이라도 잡아끌어 주어야 하나 싶었다. 백발마녀도 고민이 되는지 내 얼굴을 잠깐 바라봤다. 하지만 탑승을 강요할 수는 없다.

누군가에게 끌려가듯 뒷걸음질 치던 원피스는 이제 체념한 듯 고개를 떨구었다.

3, 2, 1.

나는 전광판과 원피스를 번갈아 보았다. 숨이 막힐 것 같았다.

0.

숫자가 바뀌자 문은 위잉 소리와 함께 부드럽게 닫혔다.

휴우.

한숨이 저절로 나왔다. 나는 의자에 몸을 깊게 파묻었다.

곧 정물화가 담겨 있던 황금빛 액자에 안내 문구가 떠올랐다.

탑승객 여러분, 환영합니다.
이 열차는 곧 만남의 광장을 향해 출발합니다.

백발마녀도 의아한 표정으로 나를 바라봤다. 무슨 말인지 모르겠는 건 나도 마찬가지였다. 내가 보일 듯 말 듯 고개를 젓는 순간 열차가 출발했다.

아이 엠 그라운드

"도대체 이게 무슨 일인지⋯⋯."

백발마녀가 들으라는 듯 제법 큰 소리로 말했다. 나는 못 들은 척 무릎 위에 팔꿈치를 대고 두 손으로 턱을 받친 채 가만히 있었다.

"분명히 아파트 복도에 서 있었거든. 잠도 오지 않고 답답해서 말이야. 그런데 지금 여기 이러고 앉아 있네."

나도 기억을 더듬어 봤다. 누군가를 기다리고 있었다. 나에게는 무척 중요한 사람이었는데⋯⋯. 아, 맞아, 제은이. 제은이를 이렇게나 어렵게 떠올리다니. 정말 머리가 텅 비어 버렸나 보다. 그래, 나는 새탈을 했고, 제은이를 기다리고 있었고, 그 애를 집까지 바래다 주고 싶었지.

새탈을 시작한 지 얼마 안 되어서 우연히 제은이를 봤다. 스터디 카페에서 나오는 그 애는 좀 지쳐 보이기는 했지만 눈빛만은 반짝반짝 빛이 났다. 늦봄에서 초여름으로 막 넘어가는 계절이었다. 제은이를 본 순간 진작 져 버린 벚꽃 잎이 다시 흩날리는 느낌이었다. 작년에 같은 반이었지만 제은이는 나를 모를 터였다. 나는 학교에서 늘 조용히 지냈으니까. 그때부터 제은이의 귀가에 동행했다. 먼발치에서 조용히 따라갔다. 그 애는 한 번도 뒤돌아보지 않고 씩씩하게 걸었다. 나는 제은의 뒤에서 그 애를 배웅하는 그 시간이 좋았다.

"혹시 만남의 광장이 어디인지 아니?"

백발마녀가 물어왔다. 나는 고개를 저었다.

"그럼 여기까지 어떻게 왔는지는?"

나는 또 고개를 저었다.

"너도 기억이 안 나나 보구나."

알고 있다 하더라도 말을 했을까 싶다. 처음 보는 사람과 대화하는 건 힘든 일이다. 이렇게 나이 든 사람하고는 더욱. 엄마와 자주 가던 시장에는 나이 든 상인들이 많았다. 엄마와 나의 관계를 둘러싼 그들의 노골적인 표정과 질문들을 기억한다. 시장에서든, 마트에서든, 길거리나 버스 안에서든 무례하게 훅 들어오는 질문에 엄마는 언제나 생글생글 웃으며 답했다. 아무것도 아니라는 듯. 노인들의 표정을 보면 불안했다가, 엄마의 대답을 들으면 조금 안심이 되곤 했다. 초등학교 2학년 때쯤인가, 엄마가 웃고 있어도 안심해서는 안 된다는 것을 깨달았다. 그때부터 시장에서 마트로 엄마를 이끌었다. 마트에서 일하는 사람들은 대개 시장 상인들보다 젊었고, 개인적인 질문도 하지 않았다.

"지금 우리 분명 꿈을 꾸고 있는 거겠지?"

백발마녀는 계속 말을 시켰다. 궁금해서라기보다 불안해서, 그 불안을 떨치고 싶은 마음 같았다. 꿈이 아니라면 납득되지 않는 일들이 너무 많다고 생각하면서도 나는 입을 다물었다.

"이름이 뭐니?"

나는 한숨을 쉬었다. 끈질기고 집요한 질문이 짜증났다.

"언제까지 같이 있을지는 모르지만 지금 우리 둘뿐이잖아. 그러니 이름 정도는 알아두어야 할 거 같은데……."

여전히 상체를 숙인 채 고개만 살짝 들어 백발마녀를 올려다보았다.

"나, 나는 은숙이야. 최은숙. 사람들은 나를 은숙 씨라고 불러."

백발마녀의 목소리가 아주 조금 부드러워졌다.

"현이에요. 중3이고요."

"아, 현. 멋진 이름이네. 옷도 멋지고. 텔레비전에 나오는 가수 같애."

백발마녀가 웃음을 띠었다.

"새탈 때만 이렇게 입어요."

학교에서는 벽에 걸린 시계나 교실 구석에 놓인 대걸레처럼 눈에 띄지 않으려 노력한다는 말까지는 할 필요 없겠지.

"새탈?"

"새벽 탈출……."

백발마녀가 고개를 끄덕이며 무슨 말인지 알겠다는 표정을 지었다.

"너도 숨구멍이 필요했구나."

처음 보는 사람에게 새벽 탈출을 고백한 것이 후회스러웠는데, 백발마녀의 말은 뜻밖이었다. 숨을 못 쉬게 막고 있는 것은 없지만……, 맞다. 나의 숨구멍.

지난봄부터 밤에 잠이 안 오는 때가 많아졌다. 눈을 아무리 세게 감아도 정신은 더 말똥해졌다. 어두운 방은 더 좁게 느껴졌다. 그대로 있다가는 방이 점점 좁아져서 내 온몸을 으깨 버릴 것만 같았다. 그래서 뛰쳐나갔다.

산책을 하고 나면 기분이 한결 나아졌다. 차가운 공기가 내 몸을 관통해서 모든 세포가 씻기는 기분이었다. 새로운 사람이 될 것 같은 느낌. 언젠가 엄마가 밤에 깼다가 내가 없어진 사실을 알고 울면서 전화를 했다. 엄마는 내가 새벽에 나가는 것을 극도로 싫어했다. 두 번째 들켰을 때 다시는 안 그러겠다고 약속했지만 어차피 지킬 수 없는 약속이었다. 안 그러면 내가 죽을 것 같았으니까. 엄마 몰래 해야 했기 때문에 새벽 산책은 새벽 탈출이 되어 버렸다.

"그런 옷 입고 공연 같은 것도 하니?"

노인이 힙합을 알 리가 없지. 힙합을 입는다고 모두 공연하는 사람은 아니라는 걸. 이런 옷을 텔레비전에서나 봤기 때문에 하는 말일 거다. 나는 힙합을 누구에게 보여 주기 위해 하지 않는다. 그냥 좋아서 힙합을 듣고, 힙합을 입는다.

"텔레비전에서 그런 옷 입고 나오는 젊은이들 보면 되게 멋있어 보이더라고. 말이 빨라서 무슨 소리인지는 잘 모르겠지만."

힙합에서 멋을 느꼈다고?

"딱 한 번, 공연은 딱 한 번 했어요."

그래, 평생 딱 한 번의 공연이었다. 새 음악 선생님 때문이었다. 내가 정말 원해서 무대에 선 것은 아니었다.

¶

음악 선생님이 출산 휴가에 들어가면서 2학기부터 기간제 음악 선생님이 음악 수업을 맡았다. 큰 키에 깡마른 체구였는데 목소리는 누구보다 우렁찼다. 가끔 시끄러울 정도였지만 아이들은 새 음악 선생님을 좋아했다. "예쁜 아가 낳고 얼른 오세요"라며 눈물을 찔끔거리던 여자애들도 음악 선생님에게 금세 호감을 가졌다. 그에게는 그런 묘한 힘이 있었다.

"2학기 수행 평가는 두 곡으로 할 거야. 한 곡은 교과서에 나온 곡 중 하나를 선택하고, 나머지 한 곡은 자유곡. 너희가 부르고 싶은 거라면 어떤 노래라도 좋아."

예상과 달리 두 곡을 불러야 한다는 사실도 놀라웠지만 아이들이 당황한 진짜 이유는 선택권을 우리에게 주었기 때문이었다.

"아무 곡이나 다 돼요?"

"응. 아무 곡이나 다 돼."

"애니메이션 주제가도요?"

"응. 애니메이션 주제가도."

"〈곰 세 마리〉도요?"

"응. 〈곰 세 마리〉도."

아이들은 자기가 아는 노래 중에서 가장 짧고 유치한 노래를 마구 던졌고 음악 선생님은 그때마다 아이들이 던진 노래를 그대로 되받아쳤다.

"랩도 되나요?"

누군가가 한 번 더 돌멩이를 던졌다. 나도 음악 선생님의 입술을 주목했다.

"랩도 되지. 당연한 소리!"

음악 선생님의 입술에 튕긴 돌멩이는 물수제비를 뜨며 경쾌하게 날아갔다.

'랩도 된다고?'

웅성거리던 아이들은 저마다 고민에 빠진 것 같았다. 선택권은 책임을 동반한다는 것을 아이들도 느끼고 있었을 것이다. 〈곰 세 마리〉를 부르더라도 잘 불러야 한다. 수행 평가이기 때문에 빨리 끝내는 것이 능사는 아니었다.

나도 고민을 시작했다.

정말 랩을 할 것인가!

내가 랩에 빠진 것은 초등학교 6학년 때였다. 한 음악 방송국에서 중고등학생을 대상으로 랩 경연 대회를 열었다. 〈소년소녀래퍼〉라는 프로그램이었다. 경연 과정은 텔레비전을 통해 생중계되었고, 인터넷 영상 사이트에도 차곡차곡 올라왔다.

평퍼짐한 바지에 그보다 더 평퍼짐한 티셔츠를 입고 쇠사슬을 온몸에 두른 사람들의 모습은 영 낯설었다. 나랑 몇 살차이 나지 않는 중고등학생들이라고 생각하면 더 오글거렸다. 영상이 뜨면 고개를 절레절레 흔들며 다른 채널로 돌려버렸다.

그런데 음악 선생님이 수업 시간에 노래 한 곡을 들려줬다. 음악 선생님은 특별히 가사를 잘 들어 보라고 했다. 래퍼는 앞머리로 코까지 가린 형이었다. 키도 작고 몸도 왜소했다. 몇몇 아이들이 누구라며 속닥속닥 알은체를 했다. 음악이 시작되었고, 그는 읊조리듯 천천히 랩을 시작했다. 나는 그날 처음으로 힙합 음악을 끝까지 들었다. 음악이 끝나고도 한참 동안 충격에서 헤어나지 못했다.

그 래퍼는 노래가 아니라 자기 고백을 하고 있었다. 엄마의 고생, 그것을 지켜보는 아픈 마음, 성공하고 싶지만 잘하는 게 하나도 없는 현실, 그래서 이를 악물고 가사를 쓰고 랩을 하는 일상, 힙합으로 성공할 거라는 포부, 많은 돈을 벌어 엄마를 행복하게 해 주겠다는 다짐……. 표현은 거칠고 딱딱했지만 그 진심이 나의 심장에 와 박혔다.

음악이 끝난 후에도 둥둥거리는 비트는 내 심장 안에서 계속 요동치는 것 같았다. 사람이 저렇게까지 자기 자신을 솔직하게 드러낼 수 있을까? 자신의 불행을 저렇게 아무렇지도 않게 드러낼 수 있다는 게 이상했다. 그렇게 랩을 만났고 독하게 독학했다. 실력은 천천히 늘었으나 알아주는 사람은 없었다. 그래서 더 좋았다. 힙합을 한다고 해서 근육이 커지는 것도 아니고 키가 자라는 것도 아니었다. 아무리 랩을 해도 겉으로 드러나는 게 없다는 것이 좋았다.

문제는 옷이었다. 처음에 그렇게 오글거렸던 힙합 복장이 어느새 좋아졌고, 디자인과 브랜드도 눈에 들어오기 시작했다. 용돈을 조금씩 모아 사고 싶었던 바지를 주문한 날은 너무 기뻐서 만나는 사람마다 자랑하고 싶었다. 힙합 바지를 아무 셔츠에나 입을 수는 없었다. 이제 티셔츠도 사야 했다. 사 모으는 기쁨은 컸지만 입고 나갈 데가 없다는 것은 아쉬웠다. 사람들의 눈에 띄는 것을 극도로 경계해 왔기에 학교에서 가면무도회가 열린다고 해도 내가 힙합을 입을 일은 없을 것이었다. 그래서 나는 새탈 때 힙합을 입기로 했다. 힙합을 입고 싶어 새탈을 할 때도 있었다.

결국 나는 자유곡으로 랩을 선택했다. 이유는 가창 시험을 1학기와 달리 음악 선생님 앞에서만 한다고 했기 때문이다. 노래는 청중 앞에서 해야 제맛이지만 아직 준비가 덜된 학생들은 다른 친구 앞에서 부르면 기량을 발휘하지 못하기 때문이라고 음악 선생님은 말했다. 아이들은 고개를 갸웃거렸다. 노래를 못 부르는 아이들일수록 친구들 앞에서 노래하는 것을 죽어라 싫어했다. 하지만 선생님만 앞에 두고 부르는 것은 더 떨리지 않을까 혼란스러운 것 같았다. 그래도 영원한 웃음거리로 남는 비극은 피할 수 있으니 다행이 아닐까, 나는 생각했다.

"청중에게 들려줄 만한 멋진 가창자가 있으면 정중하게 부탁할 거야. 청중 앞에서 노래해 달라고. 물론 그것도 그 가창자가 싫다고 하면 강요하지는 않을 거고."

음악 선생님은 임시 가창 평가실이 된 과학 준비실에서 내 자작 랩을 들은 뒤 정중하게 부탁을 했다.

"현, 이 랩, 친구들 앞에서 불러 줄 수 있겠니?"

제법 가수 대접을 받는 것 같아 기분은 좋았다. 그러나 나는 고개를 저었다. 선생님은 그럴 줄 알았지만 아쉽다고 했다. 하지만 더 이상의 요구는 없었다.

며칠 후 체육 시간이 끝나고 체육 선생님이 나에게 남으라고 했다. 그러더니 체육 창고로 나를 데리고 들어갔다. 무슨 잘못을 해서 끌려온 건지 나의 말과 행동을 더듬어 보았지만 짚이는 부분이 없었다.

"내가 축제 담당인 거 알지? 이번 축제에서 '복면가왕'을 할 거야. 음악 선생님이 너 추천하셨어. 랩의 대가리라고. 아니 미안, 미안, 대가리 말고 대가. 너 아무한테도 복면가왕 출연한다고 말하면 안 돼. 복면가왕은 비밀 유지가 최우선인 거 알지? 아무한테도 말하면 안 돼."

안 그래도 큰 체육 선생님의 주먹이 그날따라 더 커 보였다. 음악 선생님한테 제대로 뒤통수를 맞은 것이었다. 첩보 작전을 방불케 할 만큼 철저한 보안을 유지하면서 복면가왕을 준비했다. 체육 선생님이 애들한테 출연 소식을 알리라고 협박을 했어도 안 알렸을 터였다. 랩을 하는 무대가 복면가왕 형식이라 정말 다행이었다.

복면가왕은 축제의 맨 마지막 순서였다. 나는 '김밥 꽁다리' 가면을 썼다. 가면은 전체적으로 검은색이었고 이마 위로 노란색, 빨간색, 초록색의 종이가 너풀거리고 있었다. 대기실에 '먹다 남은 치즈', '녹고 있는 아이스크림', '반쯤 남은 오렌지 주스'가 모였다. 가면 모양은 형편없었지만 얼굴은 철저히 가려 누가 누군지 전혀 알아볼 수가 없었다. 다행이었다.

복면가왕은 토너먼트 식으로 진행되었다. 체육 선생님은 만일을 대비해서 두 곡을 준비하라고 했다. 하지만 한 곡만 부르게 될 것 같으니 너무 걱정은 말라고도 했다. 처음에는 자작 랩을 부를까 하다가 아이들이 잘 아는 곡으로 선정했다. 대신 가사를 조금 고쳤다. 내가 누구인지 아무에게도 들켜서는 안 되기 때문에 의상을 더 신경 썼다.

무대에 올랐다. 익숙한 음악이었는데도 아이들은 웅성거렸다. 누구도 복면가왕에서 랩이 나올 것이라고 기대하지 않았던 것이다. 랩을 시작하자 웅성거림은 멈추었다. 나는 기왕 이리 된 거 욕을 먹더라도 하고 싶은 대로 해 보자 다짐했다. 노래를 부르는 동안 야유조차 들리지 않아 실망스럽기도 했지만 준비한 것을 다 쏟아 냈다.

랩이 끝나자 부끄러움이 파도처럼 밀려왔다. 체육 선생님에게 맞아 죽더라도 복면가왕에 나오는 것은 아니었다고 후회하는 순간 환호가 터져 나왔다. 두 번째 곡은 부르지 않을 계획이었기에 개사한 가사는 없었다. 원곡대로 불렀는데 전교생이 떼창을 했다. 결국 나는 녹고 있는 아이스크림과 함께 최종 무대에 섰다. 심사 결과를 눈앞에 두고서는 초조함에 온몸이 바들바들 떨릴 지경이었다. 누가 승리를 하든 복면을 벗고 신분을 밝혀야 하기 때문이었다. 녹고 있는 아이스크림도 긴장을 했는지 연달아 한숨을 폭폭 쉬었다. 그 애는 가왕이 되고 싶어 떠는 것이었겠지. 사회자가 "오늘 복면가왕의 승자는"을 외치고 뜸을 들일 때 나는 무대를 떠났다.

재빠르게 대기실로 들어가 밖으로 통하는 문으로 나가 버렸다. 돌발적인 상황에 당황한 사회자가 머뭇거릴 때 어디선가 "가왕 잡아라!" 하는 소리가 들렸다. 나는 있는 힘껏 뛰어 담을 넘었다.

소울 푸드

"음악은 뭐니 뭐니 해도 트로트지. 요즘은 젊은 가수들도 트로트를 부르잖아. 듣고 있으면 저절로 행복해져."

나는 트로트를 제대로 들어본 적이 없다. 어쩌다 스쳐 들었던 노래들은 하나같이 꿍짝거리는 박자나 유치한 가사들 때문에 촌스럽게 느껴졌다. 반짝이는 무대 의상은 더더구나 내 취향과는 거리가 멀었다.

"텔레비전에서 학생 같은 옷 입고 막 빠르게 말하는, 그래 랩, 랩 하는 사람들이 처음에는 되게 이상했거든."

그렇겠죠. 힙합을 이해하기에 너무 나이가 많으시니까.

"그런데 어느 날 마음먹고 들어 보니까, 사실 들었다기보다는 본 건데, 요즘은 노래 가사도 다 화면에 적어 주니까, 유심히 읽어 보니 내용이 트로트랑 비슷하더라고. 표현이 다를 뿐이지."

트로트와 랩이 비슷하다고? 갑자기 기분이 확 나빠졌다. 이건 힙합에 대한 모독이다.

"사랑하고 이별하고. 트로트는 꽉 막힌 마음을 속 시원하게 해 주는 맛이 있거든. 나는 그게 가사 때문인 것 같은데 그때 들은 랩도 가사가 그렇더라고."

나를 힙합에 빠져들게 했던 〈소년소녀래퍼〉의 장면이 떠올랐다. 백발마녀의 말도 어느 정도 일리가 있는 것 같았다. 힙합이 오글거린다고 생각하다가 제대로 듣고 나서 그 매력에 빠질 수밖에 없었던 것처럼, 트로트를 제대로 들으면 좋아하게 될 수도 있을까.

"어?"

백발마녀가 놀라며 벽을 가리켰다.

지령3. 식당차 레스토랑으로 이동하시오.

주변을 둘러보니 열차의 한쪽 벽에 손잡이가 보였다. 문은 벽과 같은 무늬라 잘 구별되지 않았다.

"기왕 이렇게 된 거 더 가 봐야겠지?"

백발마녀가 먼저 일어서 문으로 향했다. 나는 천천히 일어나 그 뒤를 따랐다. 문 앞에 서니 손잡이를 잡을 필요도 없이 문이 스르륵 열렸고, 이어 맛있는 냄새가 풍겨 왔다. 갑자기 허기가 몰렸다.

"맛있는 냄새를 맡으니 갑자기 배가 고파지네."

백발마녀도 나를 돌아보며 말했다.

중앙에는 심플하지만 단단해 보이는 원목 식탁과 의자가 있었다. 주방도 바도 보이지 않았다. 백발마녀와 나는 식탁에 마주 앉았다.

그때 우리가 들어왔던 문과 반대편의 문이 열리면서 누군가 들어왔다. 셰프 모자를 쓰고 흰 셔츠를 입은 사람이 둥근 뚜껑이 덮인 은색 쟁반을 왼손으로 받쳐 들고 있었다.

성큼성큼 걸어온 그는 식탁의 정중앙에 쟁반을 내려놓았다. 백발마녀는 들뜬 표정으로 말했다.

"이거 우리 음식이에요?"

셰프는 대답 대신 두 손바닥을 펼쳐 기다리라는 신호를 보냈다.

"음, 이건 내가 몸이 안 좋을 때마다 먹는 누룽지네."

깊게 숨을 들이마신 백발마녀가 말했다. 아니다, 이건 누룽지 냄새가 절대 아니다. 셰프가 내 생각을 묻는 듯 나를 바라보며 눈을 찡긋했다.

"이건 생크림 케이크 냄새인데……."

백발마녀는 동의할 수 없다는 표정이었지만, 달콤함이 코로 먼저 느껴지는 생크림 케이크가 분명했다. 셰프는 웃으며 이제 열어 봐도 된다는 듯 두 손을 펼쳐 보였다. 백발마녀는 실험 결과를 확인하는 과학자 같은 표정으로 뚜껑을 열었다. 나도 괜히 긴장이 되었다.

"어머나!"

"헐."

쟁반 위에는 누룽지가 담긴 그릇과 생크림 케이크가 놓인 접시가 함께 올려져 있었다. 어째서 나는 생크림 케이크 냄새만 맡고, 백발마녀는 누룽지 냄새만 맡은 것일까. 두 음식이 나란히 놓여 있는데도.

"소울 푸드?"

백발마녀가 쟁반에 각인된 글씨를 읽고는 설명해 달라는 표정으로 셰프를 바라보았다. 셰프는 어깨를 으쓱해 보이더니 나에게 시선을 돌렸다.

"소울 푸드는…… 그러니까, 음…… 영혼을 위로해 주는 음식이에요."

나의 말에 셰프가 흡족하다는 듯 박수를 서너 번 치고는 다시 한번 두 손을 펼쳐 보였다. 이제 음식을 먹어도 되는 모양이었다. 셰프는 뚜껑만 들고 들어왔던 문으로 사라졌다.

"소울 푸드, 영혼을 위로하는 음식이라…… 그럼 내 소울 푸드는 누룽지가 맞네."

백발마녀는 누룽지를 바라보며 한동안 아무 말이 없더니 케이크 접시를 내 앞으로 옮겨 주었다.

"젊을 때부터 식당에서 일을 했거든. 처음엔 당연히 남의 가게에서 일을 했지. 순댓국 가게였는데, 아침부터 애 둘 챙겨 주고 일을 나가려니 내 끼니를 챙기는 게 어려웠어. 그래서 찬밥을 물에 말아 후루룩 먹고 마는 게 습관이 됐어. 그나마도 거를 때가 많았지. 순댓국 가게에서 일하면서도 뜨거운 국밥 한술 뜰 시간이 없을 정도로 바빴으니까. 그래서 속이 늘 안 좋고. 그런데 언제더라. 우리 애들이 아직 초등학교 다닐 때였는데, 내가 정말 많이 아팠어. 한여름에 몸살이 와서 열이 펄펄 났어. 이미 망가질 대로 망가져 있던 속에 약이 들어가니 먹는 족족 토하느라 바빴지."

백발마녀는 그때의 고통이 다시 떠오르는 듯 눈을 질끈 감았다.

"그런데 둘째가 속을 달래는 데 누룽지가 좋다는 이야기를 듣고 그걸 끓여 온 거야. 열 살짜리 남자애가 말이야. 그때 우리 집이 단열이 전혀 안 되는 낡은 빌라였거든. 겨울에는 더 춥고 여름에는 더 더운 집. 덜덜거리며 돌아가는 선풍기 한 대밖에 없었는데, 그 어린 게 땀을 뻘뻘 흘리면서…….”

백발마녀의 두 눈이 촉촉하게 젖어 들었다. 잠시 눈을 감고 심호흡을 하더니 말을 이었다.

“많이 먹지는 못했지만 뜨끈한 누룽지가 들어가니 얼마나 시원하고 든든하든지. 당장이라도 벌떡 일어날 수 있을 것 같았어. 아들이 끓여 줘서 더 그랬겠지. 그때부터 누룽지는 나한테는 음식 이상의 것이 됐지. 아이들을 위해서 더 열심히 일했어. 그리고 내 순댓국집을 열어 손님들에게 누룽지를 서비스로 냈어. 순댓국을 먹고 누룽지 한 그릇으로 깔끔하게 입가심하는 게 좋았는지 금세 소문이 났어. 장사가 아주 잘 됐지.”

백발마녀의 눈가가 맺혀 있던 눈물 한 방울이 떨어질 듯 말 듯 매달려 있었다. 나는 얼른 고개를 돌렸다. 엄마는 늘 나를 위해 신선한 재료로 요리를 했다. 거창한 요리는 없었지만 엄마는 꼭 따뜻한 밥을 먹이려고 했다. 엄마랑 자주 해 먹던 메뉴는 주먹밥이었다. 커다란 양푼에 여러 가지 재료를 잘게 썰어 넣고 비닐장갑을 낀 손으로 뭉쳐 먹었다. 우엉이랑 당근처럼 내가 싫어하는 재료도 들어갔는데, 내 손으로 뭉쳐 먹는 재미가 있어서 그런지 거부감 없이 먹을 수 있었다. 시작할 때는 접시에 예쁘게 담아서 먹자고 했지만 뭉치자마자 번번이 바로 입에 넣게 되었고, 결국 양푼째 다 먹곤 했다. 다음엔 꼭 예쁘게 차려서 먹자고 약속했지만 번번이 마찬가지였다. 엄마가 해 준 밥을 먹고 자랐다고 해서 차가운 기억이 없는 것은 아니다. 고드름처럼 차고 뾰족한 기억을 생크림 케이크가 부드럽게 덮어 주었던 것은 아닐까.

"아들도 누룽지를 좋아해요?"

말을 마치자마자 질문한 것을 후회했다. 너무 개인적인 질문이었다. 어떤 사람에 대해 궁금한 게 생기면 관찰했다. 관찰의 결과를 종합해서 그 사람을 알아갔다. 질문은 내 취향이아니었다. 그런데 이런 노인에게 질문이라니, 그것도 오늘 처음 만났는데. 백발마녀가 나를 잠시 바라봤다.

"음…… 아이들은 빨리 자라더라구. 엄마, 엄마 하면서 내가 세상의 전부인 것처럼 굴던 아이였는데…… 그래서 누룽지가 더 좋은 거야. 내 품에 폭 안기던 때의 아들을 기억나게 해 주니까."

백발마녀의 표정이 어두워졌다. 무언가 말을 더 하려다가 삼키는 것 같았다. 저 노인의 마음에 맺혀 있는 이야기가

무엇일지 궁금해졌다. 이상하다. 자꾸 백발마녀에게 관심이
갔다.

문득 엄마에게 나도 너무 빨리 자란 아들이었을까 궁금해
졌다. 더 이상 엄마를 찾지 않고, 애틋해 하지도 않는 면에서
본다면 나도 빨리 자란 아들이 맞을 것 같았다.

"내가 별 이야기를 다 하네. 그런데 학생 소울 푸드가 생크
림 케이크야?"

백발마녀가 내게 물었다. 나는 고개를 천천히 끄덕였다.

"내가 기분이 울적한 날, 엄마가 늘 생크림 케이크를 사 줬
어요."

"달콤한 게 들어가면 기분도 달달해지지."

"케이크는 먹을 때보다 먹기 직전이 더 좋은 것 같아요. 저
걸 한입 먹으면 달콤함이 쫙 퍼지겠지 하는 기대감 같은 거."

백발마녀가 고개를 끄덕였다.

"그런데 엄마 생일에 케이크가 없었더라고요. 그래서 엄
마 생일에 용돈으로 케이크를 선물하기 시작했죠. 삼 년 전
부터."

"잘했네!"

"그렇게 대단한 건 아니에요. 매년 케이크를 살 때마다 고
민을 했어요. 다른 걸 사고 싶었거든요. 6학년 때는 래퍼들이

쓰는 야구 모자, 중1 때는 허리 체인, 뭐 그런 걸 사고 싶어서 결국 엄마를 위해서는 조각 케이크를 사게 되었죠."

"그럼 케이크는 엄마의 소울 푸드인 걸까?"

백발마녀의 질문에 나도 궁금해졌다. 이것은 누구의 소울 푸드인가.

¶

"엄마, 가자. 나 가고 싶단 말이야."

엄마는 곤란한 표정으로 나를 내려다봤다.

"현아, 우리는 초대를 못 받았어."

"내가 받았어. 윤서가 오라고 했단 말이야."

윤서의 생일이었다. 남자아이들 모두가 사거리 키즈 카페에 모여서 생일 파티를 하기로 했단다. 아이들은 오전부터 신이 나 있었다.

"우리 엄마가 맛있는 것도 많이 먹고, 신나게 뛰어놀라고 했어. 다 오는 거지?"

윤서가 쩌렁한 목소리로 외친 것을 정확히 기억했다.

"우리 그냥 놀이터 가자. 엄마랑 잡기 놀이하는 거 어때? 어제도 재밌었잖아. 다 놀고 나면 아이스크림 사 줄게. 현이가 제일 좋아하는 초코 아이스크림."

엄마가 '어때? 좋지?' 하는 표정으로 나를 내려다봤다. 나는 힘차게 고개를 가로저었다.

엄마는 몸을 낮춰 내 눈을 들여다보았다. 나도 엄마의 눈을 간절하게 바라보았다. 엄마는 결국 고개를 끄덕였다.

나는 뛰듯이 걸었다. 그날따라 엄마의 걸음이 너무 느리다고 생각했다. 키즈 카페 문이 열리자 입구에 앉아 있던 아줌마들의 시선이 일제히 날아왔다. 나는 재빠르게 눈을 돌려 친구들을 찾았다. 하지만 엄마는 내 손을 붙잡아 세웠다. 그리고 내 신발과 양말을 천천히 벗겼다. 아직도 수십 개의 눈동자가 우리 쪽을 향해 있었다. 엄마는 나를 데리고 아줌마들에게 갔다. 총알처럼 튀어 나갈 준비가 되어 있던 나는 마음이 조급해졌다.

"안녕하세요?"

우리가 인사를 하자 아줌마들은 '누구?' 하는 표정으로 쳐다봤다.

"얘는 윤서 친구 이현이고요. 저는 현이 엄마예요."

아줌마들은 저마다 인사를 했지만 누가 시켜서 하는 것처럼 부자연스러웠다.

"현이가, 윤서가 꼭 오라고 했다고 해서……."

엄마는 말끝을 분명히 맺지 못했다.

"아, 내, 내가 번호를 몰라서 연락 못 했어요. 그래도 용케 알고 왔네. 현이가 엄마한테 이야기했구나. 똘똘하네. 잘했어. 현이 엄마, 잘 왔어요."

윤서 엄마였다. 아줌마들이 약속이라도 한 듯 와하하 웃었다. 드디어 나는 뛰어나갈 수가 있었다. 곧장 트램펄린에서 뛰고 굴렀다. 에어바운스 미끄럼틀도 타고 또 탔다. 티셔츠가 땀에 젖도록 놀고 있는데 엄마들이 우리를 불렀다. 생일 케이크를 자를 시간이라고 했다.

테이블에는 맛있는 음식이 잔뜩 차려졌다. 생크림 케이크 위에는 상들리에 모양의 촛대가 꽂혀 있었다. 촛불이 켜지자 모두들 목이 터져라 생일 축하 노래를 불렀다. 케이크와 닭강정과 피자를 먹었다.

"엄마, 생일 파티 정말 재미있어. 최고야. 다음에 내 생일에도 친구들 초대해서 파티 하자. 이렇게."

나는 몹시 흥분해서 이렇게 말했다. 엄마는 내 젖은 머리카락을 쓸어 주며 요구르트에 꽂은 빨대를 입에 물려 주었다. 아줌마들이 우리를 신기한 듯 바라보았다.

"현이 엄마, 너무 어리고 예쁘다. 현이 누나라고 해도 믿겠어."

"이래 봬도 나이는 먹을 만큼 먹었어요. 아직 볼살이 안 빠져서 조금 어려 보이는 것뿐이에요."

엄마가 웃으며 답했다.

"목소리도 아직 앤데, 뭘. 아, 미안, 목소리도 애기 목소리 같아."

아줌마들이 또 와하하 웃었다. 엄마도 "그런가요" 하며 웃었다. 하지만 엄마의 웃음소리는 아줌마들처럼 크지 않았다.

"자, 선물!"

아이들이 일제히 선물 꾸러미를 내밀었다. 윤서의 입이 헤벌쭉 벌어졌다. 나는 당황해서 엄마를 올려다봤다. 엄마는 더 당황스러운 표정이었다.

"아, 제가 챙겨 놨는데 가지고 오는 것을 깜빡했어요."

나는 정말이냐고 묻듯이 엄마를 올려다봤다. 윤서 선물을 준비한 기억은 없었다.

"내일 꼭 윤서 선물 학교에 가져가."

엄마가 현의 머리를 또 쓰다듬으며 말했다. 나는 얼결에 고개를 끄덕였다.

간식을 잔뜩 먹고 또다시 친구들과 놀기 시작했다. 나는 어쩐지 조금 전처럼 신이 나지 않았다. 자꾸 엄마를 쳐다보게 되었다. 아줌마들과 둘러앉아 커피를 마시고 있는 엄마가 자꾸 신경 쓰였다. 아줌마들이 앉은 자리는 밝은데 엄마가 앉은 자리에만 불이 꺼진 것 같았다. 엄마는 계속 웃고 있는데도 그랬다.

집에 돌아오는 길에 문구점에 들러 윤서 생일 선물을 샀다.

"윤서 어떤 선물 받았는지 다 아니까 겹치지 않는 걸 고를 수 있어서 좋다, 그치?"

엄마의 말에 나는 고개를 끄덕이지 못했다.

"오늘 정말 재미있는 생일 파티였어, 그치?"

내 손을 잡은 팔을 앞뒤로 크게 흔들며 엄마가 말했다. 이번에도 나는 단번에 동의하지 못했다. 엄마는 왜 그러냐고 묻듯 나를 바라봤다.

"나는 별로……였어. 생크림 케이크는 맛있더라."

두 달 후 생일 파티를 열고 싶냐는 엄마의 물음에 나는 고개를 세게 저었다. 정말 괜찮겠냐는 질문에는 입을 굳게 다물고 크게 끄덕였다. 말로 대답을 했다가는 눈물이 나올 것 같았다.

엄마는 생크림 케이크를 사 왔다. 엄마는 중요한 의식을 치르듯 케이크에 초를 꽂고 성냥을 그어 불을 붙였다. 전등을 끄자 마법이 일어날 것처럼 신기하고 황홀했다. 엄마는 식탁 위로 내 손을 마주 잡고 촛불을 바라보았다. 촛불의 너울거림

건너에 앉은 엄마는 평소보다 더 예뻐 보였다.

"촛불이 참 예쁘다, 그치?"

촛불이 일렁이는 것을 보면서 나는 윤서와 트램펄린 위에서 천장까지 뛰어오르던 순간을 떠올렸다. 미끄럼을 타고, 커다란 블록을 쌓아 올리다 무너져도 즐거웠던 순간을. 새하얀 케이크에 촛불을 밝히니 즐거웠던 순간들이 떠오르며 갑자기 행복해지는 것 같았다. 혼자만 불 꺼진 자리에 앉아 있는 것 같은 엄마 얼굴이 떠오르면 고개를 흔들어 촛불에 보내 버렸다. 작은 불꽃이 나쁜 기억을 야무지게 태워 주었다.

생크림 케이크 위에 밝혀진 촛불은 어떤 불행도 접근하지 못하게 막아 줄 것 같았다. 촛농이 다 녹아내릴 때까지 우리는 그렇게 케이크를 바라보았다.

그때부터 생일이나 위로받고 싶은 일이 생기면 생크림 케이크를 사서 초가 녹을 때까지 바라보는 둘만의 의식이 생겼다. 엄마를 위해 하고 싶은 일을 포기하는 것은 너무 힘든 일이었지만 나는 그게 엄마를 지켜주는 길이라는 생각을 했다. 사랑하는 사람을 위해서는 내가 꼭 가지고 싶은 것도 버릴 수 있어야 한다는 생각을 어렴풋이 했다.

초등학교 고학년 때부터는 위로받고 싶은 일이 있어도 엄마에게 말하지 않았다. 생크림 케이크도 생일에만 보게 되었

다. 엄마와 거의 대화를 나누지 않는 요즘에도 촛불을 함께
바라보고 케이크를 나눠 먹으면 어색함이 누그러지는 듯도
했다. 그럴 때면 나는 조금 슬픈 기분이 되기도 했다. 촛불이
꺼지면 엄마와 다시 한 걸음 멀어질 것을 알기 때문이다. 엄
마와 내가 어떤 상태인지, 무엇이 잘못된 것인지, 어디서부터
어떻게 손을 써야 하는지, 나는 몰랐다. 내가 엄마와의 관계
변화를 진짜 원하는지도.

인생극장

누룽지를 바닥까지 비운 백발마녀는 흡족한 표정이었다. 생크림 케이크도 만족스러웠다.

"이렇게 따뜻한 누룽지를 먹으니 경미 씨가 생각난다. 나랑 식성이 비슷한 우리 식당 매니저가 있거든."

편안하고 부드러운 표정이었다. 목소리도 나긋해졌다. 나는 사람들의 표정과 기분을 잘 읽는다. 미묘한 변화들을 다 포착한다. 때로 너무 피곤하지만 멈출 수가 없다. 끊임없이 사람들의 표정을 살피고 목소리 톤을 인지해서 어떤 감정 상태인지 파악한다. 거의 자동으로. 백발마녀는 처음 골목에서 봤을 때와 전혀 다른 사람이 된 것 같았다. 첫인상을 뒤엎는 사람은 별로 없었는데……, 이 사람은 예외다.

"이 기차, 갈수록 마음에 드네. 갑작스럽고 낯설어서 처음에 당황했는데 소울 푸드를 먹고 나니 마음이 아주 편안해졌어. 학생이 이 노인네 말동무 해 주는 것도 고맙고."

이야기를 나눌수록 백발마녀는 좀 아니다. 내 할머니도 아닌데 할머니라고 하기도 좀 그렇고. 나에게는 할머니가 없다. 친가 쪽 사람들은 한 번도 본 적이 없다. 외가 쪽에는 외할아버지만 계신데 몇 번 만난 적이 없어서 할머니, 할아버지라는 말이 낯설다. 경험상 내 마음에는 노인에 대한 경계심 같은 것도 있다. 그럼 어떤 호칭이 좋을까. 아까 '사람들은 나를 은숙 씨라고 불러'라고 했던 게 생각이 났다. 그래, 은숙 씨가 좋겠다.

은숙 씨는 노인의 느낌이 아니었다. 내 나이 또래 친구 같기도 하고, 학교 선생님 같기도 하고. 이야기를 나누는 데 전혀 거부감이 없었다. 생각해 보면 그 누구보다 가장 빨리 친밀해진 사람이다. 나는 초등학교 5학년을 넘어가면서부터 친구들과 적당한 거리를 두고 있었다. 너무 가깝지는 않으면서도 미워하고 싫어하지는 않는 관계. 그냥 같은 반 아이로서의 관계가 편했다. 공부든 운동이든 최대한 튀지 않는 것이 내 학교생활의 목표였다. 지금 은숙 씨처럼 그 애들과 대화를 나눌 기회가 있었다면 어땠을까. 더 가까워질 수 있었을까. 괜찮은 친구 하나쯤 곁에 있게 되었을까.

그때 황금 액자에 새 지령이 떴다.

지령4. 영화관 몽타주로 이동하시오.

"이동하래요. 다음 객차는 영화관인가 본데요."

"영화도 보여 주나?"

영화관 몽타주에는 푹신한 영화관 의자가 두 개 놓여 있었다. 벽면은 모두 검은색이었고 바닥에는 진한 붉은색 카펫이 깔려 있었다. 의자에 앉으니 스크린이 내려왔고 조명이 어두워졌다. 불이 꺼지니 괜히 긴장이 되었다.

"어두워지니까 좀 긴장되네. 무슨 영화일까?"

은숙 씨는 내 생각이나 느낌과 비슷한 말을 많이 했다. 나는 은숙 씨를 바라봤다. 어디서 본 적이 있나. 뭉툭한 코와 살짝 돌출한 광대가 낯익은 것도 같았다.

"아, 시작한다."

스크린에 영상이 떠오르자 어두웠던 객실이 밝아졌다. 한 사람의 얼굴이 화면을 가득 채우고 있었다. 검은 머리에 주름은 거의 찾아볼 수 없는 얼굴. 은숙 씨다. 무심한 표정으로 정면을 응시하던 은숙 씨의 눈이 갑자기 동그래졌다. 순간 공포가 가득한 얼굴이 되더니 고개를 돌리며 눈을 질끈 감았다. 스크린은 다시 백지가 되었다. 약 삼십 초 정도의 영상이었다. 무언가 어마어마한 일이 일어났다는 것을 알 수 있었다. 하지만 그게 무슨 일인지는 알 수 없었다. 그런데 질문할 수가 없다. 은숙 씨의 얼굴이 고통스럽게 일그러졌기 때문이다.

은숙 씨는 두 손을 가슴에 얹은 채 힘겹게 숨을 쉬고 있었다. 영상에서처럼 눈도 감고 있었다. 어찌나 세게 감았는지 눈가와 미간에 주름이 가득했다.

"내 인생에서, 되돌리고 싶은, 순, 간이 둘 있는데, 그중 하나야."

"힘들면 말 안 해도 돼요."

"아니, 말해야 해. 저 날을 반드시 기억해야 해."

은숙 씨가 깊게 심호흡을 했다.

"십 년 전이었어. 볼 일이 있어서 가게에 늦게 나가던 날이었어. 모든 게 참 좋았던 날이었지. 날씨도 좋았고. 큰애는 결혼을 앞두고 있었고, 작은애는 어렵게 들어간 대학을 다니고 있던 때였거든. 가게는 여전히 잘되었고. 위가 좀 쓰린 것 빼면 내 건강도 좋았고. 그런데 사고가 난 거야. 내가 교통사고를 낸 거지. 내 자식보다도 한참 어린 열여덟 살짜리를 죽게 한 거야. 그 사실이 너무나 괴로웠어. 피해자 아버지와 눈을 마주치는 것도 두려워 벌벌 떨면서 조사를 받았어. 자동차 바퀴에 공이 끼어서 난 사고라 정상이 참작되어 구속은 면했지만 내 괴로움은 끝나지 않았지. 다음 날 일어나 보니 머리카락이 완전히 하얗게 세어 버렸어. 거기에 심장병까지 얻었지. 그날 이후 내 심장은 시도 때도 없이 쿵쾅쿵쾅 뛰어. 그 박동을 내가 느낄 때도 많아. 나는 모든 걸 받아들였어, 속죄하는 마음으로."

사람을 죽게 한 사고라니. 은숙 씨는 벌벌 떨고 있었다. 덩달아 나도 숨이 찼다.

"그만하셔도 돼요."

"경미 씨가 그랬거든. 자기는 힘든 일일수록 한 걸음 떨어져서 바라보고 남의 일인 듯 이야기해 본다고. 그러면 큰일도 조금은 가볍게 느껴진다고. 두렵다고 감춰 두면 더 크게 느껴져서 결국에 거기에 깔려 버린대."

어릴 때 나는 아주 작은 일도 모두 엄마에게 말했다. 엄마가 들어주면 재미났던 일은 더 즐거워지고, 속상했던 일은 사르르 녹아 없어지는 것 같았다. 침대에 누워 학교에서 있었던 이야기를 하는 시간이 제일 행복했다. 우리는 마주 보며 이야기를 나누기도 하고, 각자 천장을 보고 누운 채로 대화하기도 했다. 내게 위로가 필요하다 생각되면 엄마는 내 손을 꼭 잡고 주물러 주었다. 신나는 일을 이야기할 때는 손뼉을 치기도 하고, 팔꿈치로 내 옆구리를 살짝 찌르기도 했다. 대화는 갈수록 줄어들었다. 속상했던 일부터 말하지 않게 되었다. 엄마로 인해 생겼거나 엄마가 들어도 해결해 줄 수 없는 일들이 대부분이었기 때문이다. 그런 이야기들을 하면 엄마는 입으로는 미소를 짓고 있었지만 눈은 너무 슬퍼 보였다. 그러다 재미있던 일까지 그냥 내 속에 감추게 되었다. 엄마의 웃음을 보고 싶은 마음은 컸지만 재미있던 일만 이야기하는 것은 어쩐지 거짓말을 하는 것처럼 느껴졌다.

"내가 낸 사고니까 내가 감당하는 건 괜찮았는데, 사고 때문에 큰애 결혼이 깨졌어. 둘째는 도망가듯 군대에 갔고. 한동안 우리 가족은 어둠 속에 살았어. 죽은 사람처럼 가게를 오가면서 왜 이런 일이 생겼나 답이 없는 고민을 했어. 내가 살면서 정말 후회스러운 일을 저질렀는데, 그것 때문에 이런 불행이 왔나 싶더라고."

"흰머리 잘 어울려요."

불쑥 튀어나온 말이었다. 처음엔 백발마녀라고 생각했지만, 이제 검은 머리라고는 한 가닥도 없는 은발이 멋스러워 보였다.

"설마…… 다들 염색 좀 하라고 그러는 걸. 하지만 나는 그럴 맘이 들지 않았어. 나 때문에 꽃다운 영혼이 세상을 떠났잖아. 이 흰머리는 내 나름으로는 속죄의 증거 같은 거야."

속죄의 증거. 멋진 말이었다. 다음에 랩에 쓰면 좋겠다. 휴대폰 메모장에 적어 기억해 두고 싶었지만 휴대폰은 이제 없는 거나 마찬가지이다.

스크린에서 다시 '삐' 소리가 났다. 이제 내 차례인가. 나는 과연 어떤 영상을 보게 될까 심장이 두근대기 시작했다. 순한 맛은 아닐 것 같았다.

화면에 클로즈업 된 나는 매우 어렸다. 무언가를 기다리는지 자꾸 고개를 돌리더니 이내 반가워했다. 곧 긴장한 듯 보였다가 다시 미소를 지으며 웃었다. 그러다 안심이 된다는 표정으로 한숨을 내쉬었다.

"꼬맹이 때는 표정이 굉장히 다채로웠구나. 그래도 아주 심각한 일이 벌어지지는 않았나 봐."

은숙 씨가 다행이라는 듯 말했다.

"네, 저도 정확히 기억이 나요. 엄마가 학교에 와서 일일교사를 한 날이었어요."

"그럼 기분이 아주 좋았겠는데? 나는 먹고사는 게 바빠 애들 학교에 제대로 가 본 적이 없어. 여유가 좀 생겼을 때는 더 이상 가 보아야 할 학교가 없었지."

"좋았고, 놀랐고, 걱정도 많이 되었어요."

그랬다. 그날 나는 표정처럼 정말 다채로운 감정에 사로잡혔다. 천국과 지옥과 육지와 바다를 휙휙 오가는 느낌이었다.

¶

교실 문이 드르륵 열리고 선생님이 엄마와 함께 들어왔다.

"아, 엄마다."

나는 나에게만 들릴 만한 목소리로 말했다. 그리고 엄마에게 손을 흔들었다. 이 역시 다른 사람은 눈치채기 어려운 작은 동작이었다. 교실에 들어선 엄마는 눈으로 나를 찾았다. 드디어 우리 둘의 눈이 마주쳤다. 엄마는 '안녕' 하고 입모양으로 말했다.

부모님이 교실에서 그림책을 읽어 주는 학교 행사 날이었다. 나는 엄마가 그림책을 아주 재미나게 읽어 주는 걸 잘 알기 때문에 엄마를 추천하고 싶었지만 참았다. 엄마를 여러 사람 앞에 세우는 것이 좋은 생각이 아니라는 것을 깨달아 가고 있었다. 그런데 학교에 잘 드나들던 부모님들이 다른 중요한 일정이 있어서 그림책 읽기 봉사를 할 수가 없다고 했다. 선생님은 아주 곤란한 얼굴로 나에게 말했다.

"시간 되시는 분이 아무도 없네요. 가정 통신문을 두 번이나 보냈는데도 연락이 없어요. 현이가 회장이니까 어머니가 오셨으면 좋겠어요."

3학년이 되어 첫 회장 선거를 할 때에도 회장이 되면 엄마가 학교에 자주 와야 하는지부터 확인했었다. 선생님이 분명히 아니라고 말했고 그래서 회장 선거에 나갔다.

내가 대답을 못 하고 선생님보다 더 곤란한 표정을 짓자 선생님은 본인이 엄마에게 전화를 하겠다고 했다. 다른 아줌마들은 오지 않고 엄마만 오는 거니까 괜찮지 않을까, 생각은 했지만 아무 말도 하지 않았다.

엄마는 교탁 자리에 마련된 의자에 앉았다. 아이들은 의자 아래 바닥에 둥그렇게 앉아 있었다. 가까이서 엄마를 본 반 친구들의 눈이 동그래졌다.

"현아, 너네 엄마 맞아?"

"엄마 같지 않은데?"

"진짜 현이 엄마예요?"

아이들의 우렁찬 물음이 여기저기서 터져 나왔다.

"그럼! 나 현이 엄마 맞아. 그렇지 현아?"

엄마는 활짝 웃으며 답했다.

"여러분, 오늘은 우리 다 함께 현이 어머니와 그림책 세상

속으로 들어가 볼까요?"

"네!"

아이들이 우렁차게 대답했다. 나는 괜히 가슴이 두근거려서 그림책은 귀에도 눈에도 들어오지 않았다. 어차피 집에서 연습하는 것을 여러 번 들었기 때문에 내용은 외울 듯 알고 있었다. 아이들을 둘러보니 모두 그림책 속으로 들어갈 듯이 집중을 하고 있었다. 선생님도 흐뭇하게 엄마를 바라보고 있었다.

나는 선생님이 좋았다. 키가 큰 선생님은 아이들에게 늘 존댓말을 썼다. 그리고 누군가 손을 들면 그 애 책상 앞까지 갔다. 무릎을 꿇고 키를 낮추고 눈을 바라보며 질문을 들었다. 질문에 대답을 할 때도 매우 신중했다. 혹시 생각이 잘 나지 않는 경우에는 다음에 이야기해 주겠다고 했고, 그 약속을 꼭 지켰다. 나는 선생님이 나를 바라봐 주는 게 좋았다. 질문이 있는 것처럼 손을 들었다가 선생님이 "무슨 일이지요?" 하고 키를 낮춰 물어 오면 "까먹었어요" 하면서 웃을 때도 있었다. 그러면 선생님은 화를 내기는커녕 "다음에 생각나면 다시 질문하세요. 질문하는 것은 매우 좋은 습관이에요"라고 말해 주었다. 나는 선생님을 기린 선생님이라고 불렀다.

엄마의 낭독은 완벽했다. 낭독이 끝나자 아이들은 자리에서 일어서서 환호를 했다. 엄마는 스무 명이 넘는 아이들의 환대에 놀라서 두 손으로 입을 막으며 환히 웃었다. 곧 자리에서 일어나더니 연극 무대를 마친 사람처럼 허리를 숙이고 팔을 펼쳐 인사를 했다. 아이들은 더 큰 박수를 보냈다. 엄마가 자랑스러워서 내 심장은 터질 것만 같았다.

기린 선생님은 엄마를 복도까지 배웅했다. 나도 엄마 손을 잡고 복도로 함께 나갔다.

"오늘 참 좋았어요. 고맙습니다. 현이 어머니."

"저한테도 재미있는 경험이었어요. 초대해 주셔서 고맙습니다."

살짝 붉어진 엄마의 얼굴이 참 예쁘다고 나는 생각했다.

"좋아요, 아주 좋습니다. 그리고 괜찮아요, 다 괜찮습니다. 아셨죠?"

기린 선생님이 무엇을 괜찮다고 하는지 알 수는 없어도 나는 안심이 되었다. 엄마도 그럴 거 같아서 마음이 더 뿌듯했다. 그날 나는 기린 선생님과 복도에 서서 엄마가 계단 아래로 사라질 때까지 엄마에게 손을 흔들어 주었다.

하지만 다음 해부터 회장 선거에 나가지 않았다. 학교에는 엄마가 오지 않는 편이 더 좋겠다고 생각했다. 아이들은 생각한 것을 그대로 표현했다. 이해가 되지 않으면 이상하다고 말하고 팔짱을 낀 채 삐딱하게 바라보았다. 그런 아이들 앞에 엄마를 세우고 싶지 않았다. 그리고 모든 선생님들이 기린 선생님 같지 않다는 것도 알게 되었다.

나는 만나는 모든 사람이 좋을 수는 없다는 것을 알아 가고 있었다. 내가 만나는 모든 사람이 나를 기분 좋게 기억하는 것 또한 불가능하다는 것도. 가끔 기억을 떠올릴 때 기분이 좋아지는 사람이 한 명만 있어도 성공이라고 생각하게 됐다. 내게는 기린 선생님이 그런 존재였다. 종종 기린 선생님을 떠올린다. 기린 선생님도 나를 기억해 줄 거라 믿는다.

엄마도 가끔 기린 선생님을 이야기했다. 새 학년이 시작될 때면 "올해 선생님이 기린 선생님 같은 분이면 좋겠는데" 했다. 그럴 때면 나는 엄마를 좋은 사람으로 기억하는 누군가가 있을까 생각했다. 종종 엄마를 떠올리면서 기분 좋은 미소를 짓는 누군가 말이다. 회사와 집밖에 모르는 엄마에게 그런 사람이 있었으면 좋겠다고 생각했다. 단 한 사람만이라도.

후 아 유 갓

불이 켜졌다. 우리는 생각에 잠겨 있었다. 아니 생각보다
는 어떤 감정에 잠겨 있었다. 아주 짧지만 인생에 지울 수 없
는 자국을 남긴 기억은 복잡한 감정을 불러왔다. 그날의 기억
은 분명 기쁨이었는데, 그렇게 간단하게 정리할 수가 없었다.
슬픔인지, 기쁨인지, 좌절감인지, 희망인지 모를 감정들이 분
리할 수 없을 만큼 단단히 엉켜 있는 것 같았다. 내 감정만이
문제가 아니었다. 은숙 씨의 경험과 기억도 내 어깨를 잡고
흔들어 댔다.

"오늘 정말 묘하네."

은숙 씨의 말이 나를 다시 현실로 이끌었다.

"갑작스러운 지령, 신기한 기차, 분홍 안락의자……."

"잊지 못할 음식과 순간."

내가 말을 이었다. 은숙 씨는 내 얼굴을 보더니 고개를 끄덕였다. 우리는 차례로 연달아 오늘의 기억을 되짚었다. 이 열차를 아주 오랫동안 타고 달려온 느낌이었다. 은숙 씨와 무척 오랜 기간을 함께 보낸 것 같았다. 정말 묘한 밤이었다.

그때 액자에 새 지령이, 아니 안내가 떴다.

우리 열차는 곧 만남의 광장에 도착합니다.
내리실 문은 오른쪽입니다.

드디어 만남의 광장이었다. 위잉- 하는 전기 소음이 멈추고 열차 문이 열렸다.

"만남의 광장에 오신 것을 진심으로 환영합니다."

한 사람이 열차 문 앞에 서 있었다. 그의 환영을 받으며 우리는 플랫폼으로 내려섰다. 플랫폼Z와 달리 온통 흰색의 대리석으로 반짝이는 플랫폼이었다. 플랫폼은 광장이라 불릴 만큼 넓었다. 이곳이 만남의 광장인가 싶었다. 그리고 이 사람은 우리를 꿈에서 현실로 데려다 줄 사람인가?

열차는 우리가 내리니 곧 위잉 소리를 내며 떠나갔다.

"안녕하세요, 저는⋯⋯."

그의 목소리는 매우 경쾌했다.

"어, 요리사?"

은숙 씨의 말대로 레스토랑의 셰프였다. 옷이 달라져서 알아보지 못했다. 그는 요리사 가운과 모자가 아니라 연갈색 스웨터에 청바지를 입고 있었다. 왼쪽 가슴 부위에는 까만 모자그림이 그려져 있는 명찰을 달고 있었다.

"아까는 콧수염도 있었던 거 같은데요?"

내가 묻자 그는 껄껄 웃으면서 대답했다.

"이제 만남의 광장에 도착했으니 대화를 나눌 수 있습니다. 때와 장소에 맞는 변신은 무죄 아니겠어요? 저는 갓, 앞으로 편하게 '갓'이라고 부르면 됩니다."

그는 활짝 웃으며 대답했다.

"자, 만남의 광장에 도착했습니다. 기분들이 어떠신가요?"

"뭐 기분이랄 게 없어요. 여기가 어디인지 왜 왔는지도 모르니까요."

"아차, 사실 제가 플랫폼Z에서부터 설명을 잘 드린 후에 여러분을 모시고 이동했어야 하는데 오늘 일이 워낙 복잡하게 꼬여서 그러지를 못했네요. 식당차 레스토랑에도 겨우 제시간에 도착했어요. 그래도 여러분들이 나눈 이야기들은 다 알고 있으니 염려하지 않으셔도 됩니다."

식당차에 겨우 제시간에 도착했다는 게 무슨 말이지? 열차는 한 번도 멈추지 않았는데……. 그리고 우리가 나눈 이야기를 다 알고 있다고? 어떻게? 꿈치고는 너무 생생하다 했는데 그럼 혹시 몰래 카메라 같은 것에 당하고 있는 건가?

"몰래 카메라나 그런 건 아닙니다. 여러분이 나눈 개인적인 이야기들이 다른 이들에게 알려지는 일은 없을 테니 그 점은 걱정하지 않으셔도 됩니다. 그럼 만남의 광장 투어를 시작하도록 하겠습니다. 참, 그전에!"

갓은 열차의 끝 쪽을 바라보았다. 우리가 내린 몽타주 객실 뒤쪽 문이 열리면서 누군가가 내려왔다. 맨발의 원피스였다. 옷은 대리석과 구분이 안 갈 정도로 하얀데 얼굴은 더 어두워졌다. 길게 늘어뜨린 앞머리 아래로 다크서클이 기어 내려와 온몸을 덮고 있는 것 같았다. 플랫폼Z에서 보이지 않는 팔에 끌려가듯 뒷걸음치던 모습이 떠올랐다.

"자기소개를 간단히 해 볼까요?"

"최은숙이에요. 식당을 운영했었고, 지금은 관리만 조금 하고 있죠. 딸 하나, 아들 하나가 있어요."

"저는 중3 이현이에요. 힙합을 좋아하고, 남의 눈에 띄는 거 별로 안 좋아해요."

은숙 씨와 나는 동시에 원피스를 바라보았다.

"저, 는, 김, 소, 연입니……다. 순경이고, 서른 두, 살, 이
에, 요."

들릴 듯 말 듯 가느다란 목소리였다. 끊길 듯 말 듯 이어진
자기소개가 끝나자 나도 모르게 한숨이 나왔다.

"이제 제 소개를 하겠습니다. 아까 말씀드렸듯 제 이름은
갓, 제가 바로 여러분에게 지령을 보냈습니다. 갑작스러운 지
령에 놀라셨죠? 김소연 님은 오는 도중에 고생을 좀 하셨겠
지만 어쩔 수 없는 일이었습니다. 뭐 그래도 제법 침착하게
잘 따라와 주셨습니다. 그 점 감사드리는 바입니다. 이 만남
의 광장에서 여러분은 세 번에 걸쳐 아주 중요한 사람들을 만
나게 될 겁니다. 그 만남을 잘 마치시면 좋은 일이 생길 겁니
다. 그런데 쉽지는 않을 거예요. 제가 베테랑 중의 베테랑이
라 촉이 좀 좋은 편인데 오늘은 느낌이 좋습니다. 뭐 좋은 느
낌만으로 끝난 적도 많긴 하지만 오늘은 정말 가능성이 보여
요. 전적으로 여러분에게 달려 있지만 말입니다."

두 손을 싹싹 비비며 소개를 듣던 갓이 정중하게 자기소개
를 했다. 하지만 갓이 설명을 하면 할수록 무슨 말인지 더 이
해가 가지 않았다.

"우리가 누구를 만난다고요?"

은숙 씨가 물었다.

"네, 그렇습니다."

"그 만남 이후에 좋은 일이 생길 수도 있다고요?"

"네, 그렇습니다."

"그다음은요? 그다음은 어떻게 되는 거죠?"

"그다음은, 그러니까 살아가는 거죠. 오랫동안, 영어로는 'ever after' 같은 겁니다."

"그럼 최소한 비극은 아니겠네요?"

"비극이 될 수도 있지요, 누군가에게는. 그러나 여러분에게는 아닐 겁니다. 아니도록 제가 최대한 돕겠습니다."

"도대체 우리가 누구를 만난다는 거예요?"

답답한 마음에 말이 벌컥 나왔다. 평소에는 없던 일이다. 플랫폼Z에서 기차를 타고나서부터 내 마음이 조금씩 이상해지고 있는 것 같다.

"일단 여러분에게 아주 중요한 사람들이라는 것만 말해 두죠. 오늘 여러 가지로 시간이 지연되어서 서둘러야 할 것 같습니다. 다음 팀이 또 오고 있어서요."

주변을 둘러보아도 우리 넷뿐이었다. 갓이 가리킨 쪽을 바라보니 공항 보안 검색대처럼 생긴 통로가 있었다.

"만남의 광장에 합법적으로 입장하기 위해서 여러분은 입장 심사를 거쳐야 합니다. 조금 충격적일 수도 있어요. 그러니까 마음을 단단히 먹어야 합니다. 자, 이리로."

갓이 비장하게 말했다. 우리는 갓을 따라갔다. 충격적이라니 도대체 무엇이 충격적이라는 것인지, 또 입장 심사를 거친 후에는 누구를 만나게 된다는 것인지 도무지 알 수가 없었다. 은숙 씨도 복잡한 표정이었다. 원피스의 표정은 알 수 없었다. 그래도 혼자가 아니라는 사실은 안심이었다. 혼자가 되고 싶다고 절실하게 바랐던 적이 있는데 지금은 혼자가 아니라 다행이었다.

"입장 심사대 발판에 오르면 눈을 감고 잠시 서 있어야 합니다. 딩동 하는 벨소리가 나면 지나가면 됩니다. 필수 코스라서 안 할 수 없어요. 자, 여러분, 용기를 내 볼까요?"

내가 맨 앞으로 나가려 하자 은숙 씨가 내 어깨를 잡았다. 나는 뒤로 물러섰다. 입장 심사대는 한 사람이 지나갈 만큼의 높이와 너비의 투명한 구조물이었다. 은숙 씨가 심호흡을 하고 발판 위에 오르자 투명했던 문이 빨간색으로 바뀌었다.

"헉!"

잠시 뒤 은숙 씨는 갑자기 배를 가격 당한 사람처럼 신음 소리를 내며 허리를 꺾었다. 배를 감싸 안더니 이내 주저앉았다. 은숙 씨의 어깨가 거칠게 오르락내리락했다. 그대로 혼자 두면 안 될 것 같았다. 내가 심사대로 오르려 하자 갓이 나를 막아섰다. 부드럽지만 단호한 표정으로 고개를 저었다.

입장 심사를 통과하였습니다.

딩동 소리와 함께 방송이 나오며 입장 심사대가 초록색으로 바뀌었다가 다시 투명해졌다. 은숙 씨가 힘겹게 일어나 겨우 걸음을 떼었다. 입장 심사대를 벗어나자 곧 다시 주저앉아 버렸다. 등만 보아서는 어떤 상황인지 알아차리기 힘들었다. 내가 몸을 움직이자 갓이 내 팔을 잡고 고개를 저었다.

"최은숙 님에게는 혼자만의 시간이 필요합니다."

은숙 씨의 고통스러운 모습을 보자 갑자기 무서워졌다. 심사대에 오르려는데 맨발의 원피스가 내 앞에 섰다. 먼저 입장 심사를 받으려는 것 같았다. 심사대가 다시 빨간색으로 바뀌었다. 맨발의 원피스도 은숙 씨와 비슷했다. 뒷모습만으로도 얼마나 고통스러운지가 그대로 느껴졌다. 비틀거리며 겨우 입장 심사대를 통과했다. 그리고 곧 쓰러지듯 바닥에 누웠다. 손으로 눈을 가렸으나 눈물이 흘러내리는 것을 막지 못했다.

나는 침을 꼴깍 삼켰다. 꿈이라고 생각했다. 몰래 카메라 아니다, 다 꿈이다, 백 퍼센트 개꿈이다, 나를 세뇌시켰다. 곧 꿈에서 깰 거니까 어떤 괴로운 일이 벌어져도 괜찮다. 이건 정말 지독한 꿈이야. 그래, 꿈이니까 괜찮아.

나는 입장 심사대에 발을 올리고 눈을 감았다.

¶

열한 시에 엄마는 방으로 들어갔다. 엄마의 방과 내 방은 나란히 붙어 있었다. 옷을 갈아입고, 서랍을 여닫고, 전등 스위치를 끄는 희미한 소리들이 벽을 뚫고 들려왔다. 삼십 분쯤 후 엄마의 낮은 코골이 소리가 들려왔다. 나는 최대한 조심스럽게 옷을 꺼내 입었다. 옷장 맨 아래에 넣어 둔 운동화도 꺼냈다. 그리고 현관문의 무음 버튼을 누르고 문을 열었다. 차가운 바람이 훅 들어왔다.

나는 아파트를 나와 밤거리를 걸었다. 바람이 기분 좋게 차가웠다. 엄마는 깊은 잠에 들었으니 새벽까지 깨지 않을 것이다. 음악을 틀었다. 익숙한 비트와 랩이 헤드폰을 통해 들려왔다. 몸은 자연스럽게 리듬을 타기 시작했다. 곧 상가 앞에 도착했다.

제은이는 스터디 카페에서 아직 나오지 않은 모양이었다. 그 애에게 내 모습을 보이지 않으려고 상가 옆 건물 주변에서 서성였다. 오피스텔 건물이었다. 그때 어떤 무거운 것이 내 몸을 확 덮쳤다. 나는 머리를 퍽 하고 바닥에 부딪히며 쓰러졌다. 음악은 계속 흐르는데 세상의 모든 것이 갑자기 뚝 끊겼다. 내 손가락은 경련을 일으키며 파닥거렸고 머리에서 새어 나온 피가 보도블록을 검붉게 적시고 있었다.

¶

입장 심사를 통과하였습니다.

딩동 소리에 눈을 떴다. 가만히 서 있을 뿐이었는데 호흡이 달렸다. 바닥에 쓰러져 피를 흘리는 나의 모습이 선명히 떠올랐다. 뒤통수에 뜨끈하고 끈적한 무언가가 흐르는 느낌이었다. 머리를 만져 보았다. 피는 나지 않았다. 헤드폰도 내 목에 그대로 걸려 있었다. 운동화를 내려다봤다. 운동화도 깨끗했다.

기억을 더듬어 보았다. 나는 평소처럼 새탈을 해서 길을 걷고 있었다. 그리고 쿵 하는 소리를 들었다. 잠시 기억이 끊겼고, 집으로 가는 길은 떠오르지 않았다. 그때 문자가 날아왔다.

지령1.
플랫폼Z를 찾아오시오.

그리고 은숙 씨와 맨발의 원피스를 만나 만남의 광장행 기차를 탔다.

그런데 아까 그 장면은 뭐지? 쿵 하는 소리와 잠깐 동안의 암전. 그리고 지금 아무렇지도 않다고 생각하는 순간 몸이 무척 가벼워졌다. 발걸음도, 다리도, 손가락과 머리카락까지 중력의 영향을 전혀 받지 않는 것처럼. 마치 패딩 점퍼에서 삐져나온 오리털처럼 훅 불면 획 하고 날아가 버릴 것 같았다.

그렇다.

나는 죽었다.

죽은 것이다.

소리 없이 허탈한 웃음이 비어져 나왔다. 갓이 무거운 표정으로 나를 바라보았다.

초등학교 4학년 회장 선거에서 기권한 이후로 조용히 살아왔다. 그래서 친구라고 부를 만한 사람 하나 없었고, 무언가를 꼭 해 보고 싶다는 포부나 희망도 없었다. 그렇다고 죽고 싶다는 생각을 해 본 적은 없었다. 나의 조용한 인생은 남들 눈에 띄지 않은 채 오래오래 계속될 거라고 너무나 당연히 믿고 있었다.

누군가가 죽었다는 소식을 티브이나 인터넷으로 접하면 마음이 아팠다. 특히 그 누군가가 나이가 어리다면 더욱. 그런데 내가 그렇게 되었다. 열여섯은 죽기에는 너무 이르지 않은가? 내가 왜? 고작 열여섯에?

의문이 꼬리에 꼬리를 물고 이어졌지만 그렇다고 나의 죽음이 슬프다거나 해 보지 못한 것들에 미련이 남지도 않았다. 내 피가 보도블록을 적시는 장면이 떠오르면 내 심장을 누가 꽉 쥐는 것처럼 아프긴 했다. 그것은 갑작스러운 죽음을 당한 이에게 가질 수 있는 당연한 연민이지, 나이기 때문에 더 가슴 아픈 것은 아니었다.

한 가지 걱정은 혼자 남겨진 엄마였다. 늘 혼자여서 나 역시 혼자로 살도록 감염시킨 엄마. 아, 내 인생에도 아쉬운 것이 하나 있기는 했다. 키스도 한번 못 해 본 나의 청춘, 그래, 그게 다였다. 그 외에는 이상하리만치 마음이 편안했다. 그런데 무엇이었을까? 나를 덮친 그 무거운 것은…….

은숙 씨는 여전히 몸을 둥글게 말고 앉아 있었다. 원피스는 바닥에 쓰러져 있었다. 두 사람도 자신들의 죽음을 목격했을 것이다. 나는 은숙 씨의 어깨를 감싸 안았다. 바르르 떨리는 것이 그대로 느껴졌다. 은숙 씨가 천천히 몸을 일으켰다. 눈에 눈물이 가득했다. 나는 은숙 씨를 부축해서 벤치에 앉혔다.

원피스는 더 나빠 보였다. 뭐라도 해야 했다. 나는 원피스와 마주 보고 누웠다. 이 역시 평소라면 하지 않았을 일이다. 하지만 지금은 평소가 아니다. 나는 죽었다.

서른 살도 넘은 사람인데 웅크리고 누워 있는 모습은 아기 같았다. 가까이서 보니 어두워 보이기만 했던 얼굴은 창백하기 그지없었다. 이렇게 하얀 얼굴도 어두워 보일 수 있구나, 놀라웠다. 위로가 될 수 있는 무슨 말이라도 하고 싶은데, 어떤 말도 떠오르지 않았다.

"괜찮아요?"

겨우 나온 말이었다. 괜찮냐니, 괜찮을 리가 있을까. 내가 괜찮다고 다른 사람도 괜찮을 리는 없다. 그러고 보니 나는 왜 이렇게 괜찮은 걸까.

원피스가 천천히 고개를 끄덕였다. 눈은 여전히 감고 있었다. 전혀 괜찮아 보이지 않는데 괜찮다고 끄덕이고 있었다. 어쩌면 이 사람은 이렇게 평생을 살아왔을지 모르겠다. 하고 싶은 말도 하고 싶은 것도 많았지만 절대 하지 않고 살아온 나처럼. 인생의 제1원칙을 튀지 말자로 세우고 난 후로 나는 집에서도 그림자가 되어 버렸다. 엄마는 아들이 사춘기가 빨리 와서 서운하다고 했지만 그건 사춘기 때문이 아니었다. 밖에서는 할 수 있는 것도 하고 싶은 것도 모두 모른 척 살면서 집에서 엄마가 기뻐할 일들을 즐겁게 할 수는 없었다. 그것은 나를 두 번 죽이는 일이었다. 나는 작은 내 방 안에서만 온전히 나일 수 있었다. 그것도 엄마가 집에 없을 때만 겨우.

"더 이렇게 있을래요?"

갑자기 맨발의 원피스니, 원피스니 하고 불러온 것이 미안해졌다. 소연 누나는 고개를 끄덕였다. 우리는 그렇게 조금 더 누워 있었다.

"여러분 모두 각자 죽음의 순간을 대면하셨습니다."

갓은 벤치에 앉은 우리를 한 사람씩 천천히 바라보며 말했다.

"아저씨는 그러니까, 신인 건가요?"

나는 갑자기 화가 났다.

"아닙니다. 저는 사자입니다. 여러분이 아는 그 저승사자가 맞습니다. 그리고 이것은 예로부터 저승사자들이 쓰고 다녔던 검은 갓으로 우리들의 아이덴티티이죠. 저는 죽은 이의 영혼을 저승으로 인도하는 저승사잡니다. 물론 요즘은 이렇게 활동하기 편한 의상을 주로 착용하기에 갓은 쓰지 않습니다. 우리를 칭하는 '갓'은 'God'하고는 다르지요. 그분은 저 위에 계십니다."

갓이 가슴을 들이밀자 갓 그림이 그려진 명찰에 작은 글씨로 '사자'라고 쓰여 있었다.

"그래서 우리를 어떻게 하려는 거예요?"

내 목소리는 낮았지만 내 귀에도 날카롭게 들렸다.

"아, 입장 심사에서 받았을 충격과 공포 충분히 이해합니다만, 그렇게 화를 내실 필요는 없어요. 저는 여러분을 도우러 온 거니까요."

갓은 검지로 허공을 가리키며 원망스러운 눈빛을 지어 보였다.

"저승으로 가는 게 어려운 건가요?"

벤치에 조용히 앉아 있던 은숙 씨가 목소리를 다듬어 말했다. 힘이 많이 빠진 목소리였다. 입장 심사대에서 경험한 것보다 더 큰 충격이 남아 있는지 묻는 것 같았다.

"우리가 누군가를 만날 거라고 했는데, 누구죠?"

"사람이 죽으면 사후 세계로 떠나게 되지요. 우리나라에서는 보통 삼일장을 치르는데, 오늘이 삼 일째 되는 날이에요."

열차에서 많은 이야기를 나누었다고 생각했지만 그렇게 긴 시간이 흘렀다는 것은 믿기지 않았다.

"삼이라는 숫자는 매우 중요한 의미가 있어요. 죽은 지 삼 일째 되는 날, 살아 있는 동안 인연을 맺었던 사람들 중에 꼭 보고 가야 하는 사람들을 만납니다. 만남의 기회는 세 번입니다. 그들과 살아서 풀지 못한 감정을 풀고 떠나야 합니다. 어떤 사람에게는 감사를, 어떤 사람에게는 용서를, 어떤 사람에게는 사랑을 표현해야지요."

"누, 누구를 만나는데요?"

"그건 저도 모릅니다. 오직 한 분만 알고 계십니다."

갓은 또다시 오른손 검지로 위를 가리켰다.

"꼭 용서해야 하고 꼭 감사해야 하나요? 그래야 저승으로 넘어갈 수 있는 건가요?"

"그렇지 않습니다. 그 사람을 만난 여러분의 마음의 방향을 확인하고 인정하면 됩니다. 여러분의 삶에 대해 거짓 없는 솔직한 감정을 확인하는 것이죠. 여러분도 살아오면서 누군가의 죽음 때문에 깊은 슬픔과 죄책감에 빠져 사는 사람을 본 적이 있을 겁니다. 그 사람들은 죽은 자와 감정의 매듭을 풀지 못했을 가능성이 큽니다. 다시 말해 죽은 자와 감정적 화해를 하지 못한 것이죠. 오늘 여러분을 만날 사람들도 마찬가지입니다."

"감정적 화해를 하면 그 사람들은 우리의 죽음을 개의치

않나요?"

"그럴 리가요. 슬프기는 하지요, 아마 오랫동안 슬퍼할 수도 있습니다. 그러나 그 슬픔을 나름대로 극복하고 일상으로 복귀할 수 있습니다. 여러분을 종종 생각하겠지만 그래도 자신의 삶을 잘 살아갈 수 있을 겁니다. 자, 그러면 이제 시작할까요?"

"잠깐만요, 그럼 우리는 지금 귀신인가요?"

"영(靈)이라고 해 두지요. 만일 저승으로 가지 못하고 이승에 떠돈다면 그때 이승 사람들이 보기에 귀신으로 느껴질 겁니다."

갓은 손목의 스마트워치를 보며 말했다.

"오늘 우리가 만날 사람들은 안 죽었는데 우리를 어떻게 만나지요? 귀신이라고 무서워하는 거 아니에요?"

"직접 만나지만 그들은 꿈이라고 생각할 겁니다. 사람들은 망자가 꿈에 나타난다고 해서 현몽이라 부르지요. 하지만 꼭 잠자는 동안에만 만나는 건 아니에요. 이제 정말 지체할 시간이 없어요. 만남의 시간이 다가오고 있어요."

갓은 스마트워치를 톡톡 치며 말했다. 은숙 씨가 내 어깨를 톡톡 두드려 주었다. 어쩐지 안심이 되었다.

인연의 굴레

나는 죽었다.

나는 이제 세상에 존재하지 않는 거다.

이승에서 나와 인연이 있었던 사람들을 만나게 된다.

세 번의 만남.

엄마 말고는 떠오르는 얼굴이 없다. 나머지 두 명은 누가
될까?

엄마는 내가 죽은 사실을 알고 있을까? 삼 일이 지났다고
하니 엄마도 알았을 것이다. 그러면 나의 장례를 치르고 있을
까? 소식을 듣고 엄마는 어떤 반응을 보였을까? 슬펐겠지. 마
음이 찢어지듯 고통스러웠겠지. 하지만 누가 들을까 마음껏
소리내 울지도 못했을 거다. 눈으로 볼 수 없고 귀로 들을 수

없는 슬픔. 엄마는 늘 웃고 있었지만, 그 슬픔은 나를 무겁게 짓눌렀다. 그 때문일까, 어느 순간부터 엄마의 사랑은 내 마음에 와 닿지 못했다. 엄마를 만난다면 나는 어떤 감정을 느끼게 될까.

은숙 씨는 눈을 감고 앉아 있었다. 안정을 조금 되찾은 것 같았다.

소연 누나는 계속 흐느끼고 있었다. 입장 심사대에서 나온 후부터 계속. 바닥에 누워 있을 때도 소연 누나 눈에서는 눈물이 흐르고 있었다. 벤치에 앉아서 갓의 설명을 들을 때에도.

"괘, 괜찮아요?"

의미가 없는 말인 줄 알지만 다시 한번 물었다. 그것 말고는 내가 할 수 있는 일이 없었다. 은숙 씨가 소연 누나의 어깨를 감싸 안아 주었다.

"저에게는 고등학교도 졸업하지 못하고 죽은 동생이 있습니다. 동생 몫까지 열심히 살겠다고 약속했는데 제가 그 약속을 지키지 못했습니다."

소연 누나는 여전히 가느다란 목소리로 천천히 말했다.

"살고 죽는 게 우리 마음대로 되나요."

은숙 씨의 말에 소연 누나는 고개를 저었다.

"저는 저 자신을 버렸습니다. 일이 잘 풀려도 다음에는 이만큼 잘 해내지 못할까 봐, 일이 잘 안 풀리면 이것 봐, 나는 어쩔 수 없잖아 하면서…… 매 순간 죽고 싶었는데…… 결국, 나는, 나를, 버렸습니다."

우리는 아무 말도 할 수 없었다.

"자살자들은 저승에 들어가기가 조금 더 어렵습니다."

갓이 말했다.

"왜죠?"

내가 또 따지듯 물었다. 그렇게 힘들게 살다 생을 마감했으면 죽어서라도 더 편해져야 공평하지 않을까?

"그건 생에 대한 인식 차이 때문이에요. 김소연 님이 아까 말한 것처럼 어떤 일이 있어도 부정적인 생각을 먼저 하는 것, 죽어서도 마찬가지입니다. 최은숙 님과 이현 님은 편안하게 이곳 만남의 광장까지 오셨죠?"

사실이었다. 마음은 복잡했지만 객실은 편안했고, 소울 푸드는 충분히 만족스러웠다. 거기서 은숙 씨와 나눈 이야기들도 좋았다. 진짜 대화였다. 내가 오랫동안 하지 못했던.

"김소연 님은 열차의 마지막 객실인 암실에서 삼 일을 보냈습니다. 자신의 삶에 대해 부정적인 인식이 가득해서 밝고 환한 것을 아무리 주어도 받지도 갖지도 못하는 거죠."

소연 누나가 더 안쓰러워졌다.

"이승과 이별하며 먹는 마지막 음식인 소울 푸드도 먹지 못했습니다."

갓의 말에 소연 누나는 두 손으로 귀를 막았다.

"손들이 있었습니다. 자꾸만 저를 잡아끌고 휘두르는 손들이요."

"그 손이 보이던가요?"

"보이지는 않았습니다. 그러나 확실히 느껴졌어요."

소연 누나는 지금도 보이지 않는 손들이 자신에게 달려들고 있는 것처럼 괴로운 표정을 지었다.

"네, 그런 겁니다. 자기 안의 어둠이 자꾸만 밖으로 나와 스스로를 끌어내리는 거지요. 김소연 님은 그것까지 극복하셔야 저승으로 들어가실 수 있을 겁니다."

은숙 씨와 나는 소연 누나를 동시에 바라보았다.

"동생이 죽고 나서 병을 하나 얻었습니다. 기분 부전 장애라는 병입니다. 어떤 일이 일어나도 부정적인 생각밖에 들지 않았습니다. 그렇게 바라던 순경이 되었을 때도 기쁜 마음은 잠시였습니다. 내가 어떻게 사람들을 돕는다는 말이지? 중요한 순간에 내가 일을 망칠 거야, 이런 생각이 들었습니다. 일에서 좋은 성과를 낸 날도 마찬가지였습니다."

"그럼 병 때문에 죽은 거네. 암에 걸려 죽는 사람도 있잖아요. 마음의 병도 병이지. 나도 심장 때문에 계속 고생을 했는데, 이번에도 심장이 문제였어요. 교통사고를 내고 심장병을 얻었으니, 심장병도 내 잘못 때문에 생겼다고 할 수 있겠네. 자책하지 마요. 결국 우리는 다 똑같아."

은숙 씨가 소연 누나의 등을 토닥였다. 굵은 눈물이 계속해서 뺨을 타고 흘러내리고 있었다.

"저를 따라 들어오세요."

갓이 재촉했다. 우리는 천천히 일어서는 소연 누나를 기다려 주었다. 갓은 입장 심사대 뒤쪽으로 향했다. 천장은 높아끝이 보이지 않을 정도였고, 바닥과 벽도 모두 흰색이어서 방향을 구분하기가 어려웠다. 자세히 보니 흰 벽에 문이 하나나 있었다. 갓은 문 앞에 섰다. 나와 은숙 씨는 소연 누나를 부축해 그 뒤를 따랐다.

문이 열리자 잠시 저절로 눈이 감겼다. 좀 전의 플랫폼도 흰 대리석이 반짝이는 넓은 공간이었는데 이 안은 더 환하고 더 넓었다. 끝이 보이지 않는 흰 공간에서 나는 먼지보다 더 작고 까맣게 느껴졌다. 그래서 이곳을 광장이라고 부르는구나 싶었다. 하지만 우리가 만나게 된다는 사람들의 모습은 보이지 않았다.

"아까 말씀드렸듯이 여러분은 이승 사람들의 삶으로 들어가 그들을 만나게 됩니다."

갓은 스마트워치를 다시 한번 확인했다.

"만남의 방이 올라오면 문이 보일 겁니다. 열고 들어가세요. 만나야 할 사람이 존재하는 공간이 나올 겁니다. 그 사람 주변에 다른 사람들이 있다 해도 신경 쓰지 마세요. 오로지 그 사람만이 여러분을 보고 대화할 수 있습니다. 그 사람과 얽힌 인연은 귀할 수도 지독할 수도 있지요. 여러분의 마음을 솔직하게 들여다보고 그것을 표현하시면 됩니다. 만일 무슨 일이 생기면 내가 여러분을 도울 테니 걱정 마세요."

갓이 한 발 뒤로 물러섰다.

우리 셋은 약간의 거리를 두고 서 있었다. 잠시 뒤 '위잉' 하는 소리가 나면서 바닥에서 진동이 느껴졌다. 곧 네 개의 벽이 희뿌연 연기와 함께 솟아 올라왔다. 그리고 이내 우리 앞을 가로막았다. 자세히 보니 벽은 연기로 만들어져 있었다. 문도 하나 있었다. 저 문을 열고 들어가면 갓이 말한 만남의 방이 나오는 모양이었다.

갓은 문을 가리키며 우리 셋에게 팔을 벌려 보였다. 셋이 함께 들어가라는 것 같았다. 우리가 만나야 할 사람이 같은 사람인 건가? 아니면 모두 같은 공간에서 만나는 건가? 이번에는 내가 앞장을 섰다. 손잡이를 잡는데 차가운 기운이 심장까지 전해졌다. 온몸이 부르르 떨렸다.

"어!"

문을 열고 들어가니 입장 심사를 받을 때 본 나의 새탈 장소였다. 그 애를 기다리던 스터디 카페 근처. 그날의 온도와 습도가 고스란히 느껴졌다.

곧 또 다른 내가 나타났다. 내가 비트에 맞춰 걸을 때마다 무릎까지 내려오는 허리띠가 기분 좋게 흔들리고 있었다. 그리고 나는 한 건물 앞에 멈추었다. 스터디 카페 건물을 가끔 바라보면서 음악에 맞춰 몸을 가볍게 흔들고 있었다. 삼 일 전의 나는 내가 바라보고 있다는 걸 전혀 알아차리지 못했다. 곧 이어질 장면이 무엇일지 알기에 나는 소리치고 싶었다. 그곳에 서 있지 마, 한 걸음만 옆으로 이동해. 아니 오늘은 새탈을 접고 그만 집으로 돌아가. 엄마가 걱정하고 있을 거야, 얼른 집으로 돌아가. 죽는 게 안타깝지도 억울하지도 않았었는데, 내가 죽는 순간을 다시 보게 되니 전력을 다해 벗어나고 싶었다.

은숙 씨와 소연 누나도 나를 유심히 지켜보고 있었다. 두 사람의 표정도 심상치 않았다.

곧 하늘에서 하얀 것이 하나 툭 떨어졌다. 그리고 삼 일 전의 나는 그 자리에 고꾸라졌다. 곧 보도블록이 흥건하게 젖기 시작했다. 나는 눈을 질끈 감고 고개를 돌려 버렸다. 피 흘리며 죽어가는 내 모습은 역시 지켜보기가 어려웠다. 속이 메스꺼웠다.

"아악!"

그때 소연 누나가 소리를 지르며 두 손으로 머리를 감쌌다. 소연 누나의 원피스가 내 몸을 덮친 그것과 겹쳐졌다. 이내 바닥에 깔려 있는 연기 사이로 소연 누나의 발이 드러났다. 그래서 맨발이었던 거구나. 눈물이 차올랐다. 왜? 내가 뭘 잘못했는데? 나는 소연 누나에게서 등을 돌렸다. 이를 앙다물었다. 눈물을 참을수록 호흡이 거칠어졌다.

"으, 으윽."

그때 은숙 씨가 괴로운 신음 소리를 내며 휘청거렸다. 그녀는 손으로 자신의 왼쪽 가슴을 압박하고 있었다.

"이제 기억이 나. 저 장면. 아파트 복도에서, 봤어. 순간 내 심장이 돌처럼 굳어 왔고. 흐윽……."

은숙 씨는 거친 숨을 몰아쉬며 괴로워했다. 두 손을 번갈아 자신의 가슴을 두들기고 있었다.

오피스텔에서 스스로 몸을 던진 소연 누나. 그 밑에 깔려 내가 죽었다. 그 모습을 본 은숙 씨는 심장이 발작을 일으켰

나 보다. 이런 것도 인연이라 해야 하는 걸까. 나를 죽인 사람과 나 때문에 죽은 사람을 모아 놓고 이렇게 그 장면을 복습시키다니. 잔인해도 너무 잔인했다.

한참 후 소연 누나가 어렵게 입을 열었다.

"정말 미안합니다. 나 때문에 두 사람까지. 나 혼자 죽는 것도 모자라, 두 사람까지 이렇게 희생시켰습니다. 정말 미안합니다. 십 년 전, 오토바이로 아르바이트를 하던 동생이 교통사고로 죽고, 사고 장소 근처 오피스텔에 살았습니다. 나는 어린 동생을 보살피기가 싫어서 일부러 집에 늦게 들어가던 철없는 누나였습니다. 아르바이트 대신 미래를 준비하라고 타일렀어야 했는데…… 오토바이는 위험하다고 말렸어야 했는데…… 아무것도 하지 않았던 나 자신을 용서할 수가 없어서 매일매일 그 사거리를 바라보며 동생을 따라갈 날을 기다리고 있었습니다. 그런데 동생을 그렇게 보낸 것도 모자라 두 사람을 내가, 아, 아……."

소연 누나는 눈물로 범벅이 된 얼굴로 머리카락을 마구 헝클이며 괴로워했다. 그 모습이 안쓰러우면서도 화가 났다. 당신이 뛰어내리지만 않았어도 나는 무사했을 거라고! 고등학교도 가고, 대학도 가고 여자 친구도 사귀었을 거라고! 그런 삶을 꿈꿔 왔던 것도 아니면서 못 이룬 것들에 미련이 생겨났다. 미련은 미움이 되었다. 소연 누나는 주저앉아 바닥의 흰 연기에 파묻혀 까만 머리만 섬처럼 떠 있었다.

"잠깐만."

은숙 씨가 다급히 소연 누나에게 다가갔다.

"그, 오토바이 사고, 사거리에서 났다고? 혹시 붉은색 SUV?"

소연 누나가 고개를 끄덕이며 은숙 씨를 바라보았다.

"그런데 그걸 어떻게 알죠?"

"허, 이럴 수가!"

은숙 씨가 고개를 떨군 채 두 손으로 머리를 감쌌다.

"나…… 나였어. 오토바이를 쳐서 열여덟 살의 배달원을 죽인 게. 십 년 전, 저 오피스텔 사거리. 볼일을 보고 식당으로 출근하던 참이었어. 다른 동네에서 식당을 하다 이 동네에 2호점을 낸 후였거든. 구청 서류 같은 일이 많았어. 그래도 기분이 좋았지. 라디오에서 흘러나오는 노래를 따라 부르며 사거리로 접어드는데 오토바이가 다가오더라고. 핸들을 꺾었는데 내가 돌린 방향대로 차가 움직이지 않았어. 두 눈 똑바로 뜬 상태로 '어, 어' 하면서 내 차가 오토바이를 들이받는 것을 지켜보았지. 너무 괴로웠어. 내 아들보다도 어린 학생을 내가…… 그다음 날 아침, 일어나 보니 내 머리가 온통 하얗게 세어 있었어. 심장은 두 손으로 꽉 쥔 것처럼 답답하고…… 흰머리와 심장병을 얻었으니 이 정도면 충분히 벌을 받았다 생각했는데 그게 아니었나 봐. 미안해요, 소연 씨. 내가 소연 씨한테까지 마음의 병을 안고 살게 했네. 십 년 동안이나 말이야. 나는 그때 소연 씨 가족을 만날 수가 없었어. 누나와 아버지가 있다고 들은 기억이 나요. 너무 무섭고 죄스러워서, 식당 매니저를 대리인으로 세우고 나는 숨어 있었어. 내가, 내가 미안해. 정말, 정말……."

은숙 씨가 무너지듯 주저앉아 소연 누나의 어깨를 안아 주었다. 소연 누나는 고개를 천천히 들어 은숙 씨의 얼굴을 바라보았다. 믿을 수 없는 사실에 커졌던 눈은 또다시 눈물로 가득 찼다. 두 사람은 슬픈 악연을 온몸으로 받아 내고 있었다.

끼이이익.

그때 내 귀에 타이어가 노면에 찢기 듯 마찰하는 소리가 들려왔다.

콰과쾅. 와장창!

무거운 두 물체가 충돌하는 굉음이 뒤따라 들려왔다.

¶

치과에 다녀오던 길에 사거리 장터를 지나고 있었다. 사거리 장터는 한 달에 한 번 열렸다. 구에서 농촌을 연결해서 여는 산지 직송 장터였다. 가끔 장터가 열릴 때마다 궁금한 것 투성이였다. 하지만 엄마는 내 손을 잡고 빠르게 그곳을 벗어나고는 했다. 그날은 엄마를 졸랐다.

"엄마, 우리 구경하자."

엄마가 나를 내려다봤다. 나는 간절한 표정으로 엄마를 올려다봤다. 엄마가 사람 많은 곳을 좋아하지 않는다는 건 잘 알고 있었다.

"그럴까?"

나는 신이 나서 고개를 크게 끄덕였다.

"그럼 잠깐만 보는 거야."

채소와 과일이 많았다. 쌀이나 콩 같은 곡물을 파는 사람도 있었다.

엄마가 든 장바구니에는 옥수수와 오이, 호박과 된장 같은 것들이 담겼다. 나는 키가 작아 앞이 잘 안 보였지만 엄마 손을 잡고 요리조리 빠져나가는 재미가 있었다. 바닥에 돗자리를 펴 놓고 아이들을 위한 장난감을 늘어놓은 남자가 있었다.

작은 튜브로 펌프질을 하면 또각또각 앞으로 가는 형광 초록
색 말도 갖고 싶었고, 박수를 치면 춤을 추는 하와이 소녀 인
형도 갖고 싶었다. 그런 것들을 가리키며 엄마를 올려다보면
엄마는 고개를 저었다.

"저 공은?"

이번엔 승낙이 떨어졌다. 내 얼굴만 한 파란 고무공을 옆
구리에 끼고서 나는 세상을 다 가진 듯 행복했다.

"거기 언니, 이것 좀 먹어 봐."

바로 옆 상인 여자가 젤리처럼 생긴 갈색의 무언가를 이쑤
시개에 꽂아 건넸다.

"엄마, 이게 뭐야?"

"엄마……? 아이고, 고등학생인 줄 알았는데, 엄마여?"

상인 여자는 신기한 구경거리를 보듯 엄마와 나를 바라보
았다. 엄마는 여전히 웃고 있었지만 입술 주변이 파르르 떨
렸다.

"흠흠, 아가, 그건 묵이란다. 묵 처음 먹어 보니?"

여자가 엄마와 나를 번갈아 바라보며 어색하게 웃었다. 엄
마는 묵 조각을 간장에 찍어 내 입에 넣어 주었다. 간장 양념
의 짭조름한 맛이 먼저 입에 퍼졌다. 묵을 씹자 알싸한 맛이
느껴졌다. 나는 얼굴을 찌푸리며 고개를 저었다. 상인 여자가

박수까지 치며 웃었다. 엄마는 살짝 미소를 지을 뿐이었다.

"하는 폼 보니까 진짜 엄마 같네. 아니 어쩌다가 어린 나이에 애기 엄마가 된 거여? 나이는 몇이고? 애기 아빠랑은 같이 살고?"

여자는 질문을 한꺼번에 쏟아 냈지만 엄마는 하나도 대답하지 않았다. 왠지 기분이 나빠져서 나는 엄마 손을 잡아끌었다.

"엄마, 가자."

묵도 상인 여자도 싫었다. 살짝 올려다보니 엄마가 나를 웃으며 내려다보고 있었다. 하지만 힘없는 웃음이었다.

그러다 달고나 좌판을 발견했다. 달짝지근한 냄새가 코를 자극했다. 아이들이 모여 나무젓가락이 꽂힌 노란 설탕 덩어리를 맛있게 먹고 있었다. 어떤 아이는 달고나를 입에 넣고 쪽쪽 빨아 먹었다. 어떤 아이는 앞니로 오도독 깨물어 씹어 먹었다. 내 입안에는 침이 고였다.

"엄마, 이거! 이거!"

그런데 엄마가 대답이 없었다. 엄마를 올려다보니 엄마가 멍한 얼굴로 내 손을 움켜잡았다.

"엄마! 엄마! 나 이거!"

목소리를 높여 보았지만 엄마는 여전히 대답 없이 사람들

틈을 헤치며 걸음을 옮겼다. 태풍에 맞서 걷는 사람처럼 고통스러운 표정으로 한 걸음 한 걸음 나아갔다. 나는 팔이 몹시 아팠다. 사람들의 가방과 허벅지, 장바구니도 얼굴을 쳤다. 그런데도 엄마는 내 손을 꽉 잡고 당겨 댔다. 오른팔이 뻗은 방향으로 몸이 끌려가니 왼쪽 옆구리에 낀 고무공이 빠져나가려고 했다. 고쳐 잡고 싶었지만 그럴 수가 없었다. 한껏 소리를 높여 불러도 엄마는 듣지 못하는 것 같았다. 급기야 공이 굴러떨어졌다. 공을 쫓아가고 싶었다. 하지만 엄마가 꽉 잡고 있어서 손을 뺄 수 없었다. 오른팔이 찢어질 듯 아팠다. 이러다 팔이 툭 빠지고 엄마 혼자 멀리 가 버릴까 봐 무서워졌다. 나는 안간힘을 써서 엄마 옆에 붙어 섰다. 여전히 무엇에 홀린 사람처럼 앞만 보고 나아갈 뿐인 엄마 옆에.

그때 타이어 마찰음과 뒤이은 굉음이 귀를 때렸다.

끼이익, 콰과쾅, 와장창!

사람들이 웅성거리며 소리가 난 쪽으로 몰려갔다. 덕분에 나는 숨통이 좀 트였고 어렵지 않게 인파에서 벗어날 수 있었다. 그런데도 엄마는 뒤도 돌아보지 않고 뛰듯이 걸었다. 내 눈에서는 눈물이 줄줄 흘렀다.

집에 도착해서도 엄마는 꿈속을 헤매는 사람처럼 멍해 보였다. 그리고 현관문을 몇 번이나 고쳐 잠그고 나를 꼭 껴안았다. 며칠 동안 나는 공을 놓친 것이 속이 상해 울었다. 나를 꼭 껴안으면서도 엄마는 공을 잃어버려 슬픈 마음은 안아 주지 않았다. 엄마는 한동안 멍한 상태로 지냈다.

¶

"혹시, 공, 공 때문……이었나요? 파란, 고무, 공……?"

"그래. 바퀴에 낀 고무공 때문이었지. 공이 아니었어도 사고는 났겠지만 적어도 사망은 막을 수 있었을 거라고 하더라구…… 그걸 어떻게 알았어?"

이런 것을 운명의 장난이라고 부르는 건가. 내가 엄마와 떨어지지 않기 위해 떨어뜨린 고무공이 은숙 씨의 차바퀴에 끼어 사망 사고를 냈다. 그 사고 때문에 한 사람은 마음의 병을 한 사람은 심장병을 얻었다. 여기 모인 세 명의 죽음도 모두 그 공 때문이었다.

가만히 있는데도 손이 덜덜 떨렸다. 어금니가 딱딱 부딪혔다. 나는 내 어깨를 양손으로 움켜쥐고 주저앉아 버렸다.

"왜 그래? 무슨 일이야? 그 파란 공을 어떻게 알아?"

나는 천천히 고개를 들어 그들을 바라보았다.

"그, 그 공은, 내 거였어요."

목소리가 떨려서 나도 무슨 소리인지 알아듣기 힘들 정도였다.

"무슨 말입니까? 그 공이 학생 거라니요?"

소연 누나가 소리쳤다.

"그때 엄마 손을 잡고 길을 가고 있었어요. 공을 옆구리에 끼고 있었는데. 엄마가 갑자기 빨리 걷는 바람에 엄마 손을 놓치지 않으려 애쓰다가 그만 공을 떨어뜨렸어요. 하지만 자동차 사고가 난 줄은 몰랐어요."

세상의 모든 움직임이 멈춘 것 같았다.

"세상에…… 어떻게 이런 일이…… 모두 너 때문이었다고? 열여덟 살짜리 소년을 죽였다는 죄책감에 난 하루하루 벌벌 떨면서 살았어. 하루아침에 하얗게 세 버린 머리도, 시도 때도 없이 벌렁거리는 심장도 모두 죗값이려니 견뎌 왔다고. 그 소년의 누나는 어떻고. 여기 봐, 십 년 동안 우울증을 앓다가 결국 자기 생명을 포기했는데! 그게 다 네가 흘린 공 때문이었다고?"

은숙 씨의 얼굴이 무섭게 일그러졌다.

"어쩔 수 없었다고요. 팔이 끊어질 듯 아팠고 엄마를 잃어버릴까 봐 너무 무서웠어요. 나는 몰랐어요. 일부러 그런 게 아니라고요."

살면서 한 번도 해 보지 않았던 변명을 하고 있었다. 내가 저지른, 아니 엄마와 내가 저지른 일을 무마하기에는 턱도 없이 철없는 칭얼거림이라는 것을 알면서도 그랬다.

"한창 잘나가던 식당도 매니저에게 맡겨야 했어. 큰딸은 파혼했고 둘째는 쫓기듯 군대에 가고. 한동안 집안이 풍비박산이 났어. 그리고 내 일생일대의 가장 후회스러운 일이 떠올라서 정말 하루하루가 미칠 것 같았고……."

은숙 씨는 엉엉 울음을 터뜨렸다. 아이처럼 엉엉 소리 내어.

"나도 안타깝고 슬퍼요. 하지만 어쩔 수 없었어요. 나를 비난하지 마세요. 제발 내 탓이라고 하지 말아요."

어마어마한 불행이 나로 인해 일어났다. 마음으로는 위로하고 싶었다. 하지만 동시에 나는 비난받고 싶지 않았다. 늘 내 존재 자체에 미안한 마음을 갖고 살아왔는데, 그래서 나를 위해서는 어떤 변호도 하지 못했었는데 이번만큼은 그러고 싶지 않았다. 내 눈에서도 눈물이 주르르 흘러내렸다.

한동안 아무도 말이 없었다. 삼 일 전처럼 밤바람이 불어왔다. 나뭇잎들이 서로 부딪히며 사르륵사르륵 소리를 냈다. 삼 일 전에도 이렇게 시원한 느낌을 받았던가. 나는 하늘을 가만히 바라보았다. 소연 누나 때문에 열여섯의 나이에 죽게 되었다고 억울해했는데 알고 보니 나 때문이었다. 나는 나 때문에 죽게 된 것이다. 밤바람이 다시 불었으나 이제 더 이상 시원하게 느껴지지 않았다. 바람이 내 피부에 닿을 때마다 작은 유리 조각으로 변하는 듯했다. 작은 바람에도 온몸이 유리 조각에 긁히듯 쓰라렸다.

"몇 살입니까?"

침묵의 무게를 걷어 올린 것은 소연 누나였다.

"열여섯……이에요."

"그렇군요. 중학교 3학년, 내 동생보다 두 살이 어린 나이 네요. 죽기에 좋은 나이란 없겠지만…… 그럼에도 죽기엔 너무 어립니다."

그러고는 눈을 감더니 잠시 그대로 있었다.

"사고가 났을 때는 여섯 살이었겠네요. 사고가 날 것을 알고 공을 던지진 않았겠지요. 그 일은 말 그대로 사고였습니다."

그러면서 은숙 씨를 향해 천천히 몸을 돌렸다.

"십 년 동안 저는 자책을 하며 살아왔습니다. 내가 동생을 보호하지 못해서 동생이 죽었다고 생각했습니다. 그런데 저 때문이 아니었습니다. 그리고 그 공도 누구의 의지 때문에 차바퀴에 낀 게 아닙니다. 그냥, 그래요, 그냥 사고가 난 겁니다. 제 기분 부전 장애는 더 오래전부터 시작되었을 수 있다고 의

사가 그랬습니다. 동생의 죽음을 계기로 그 병을 알아차리게 된 것 같다고. 저도 엄마에게 버림받고 아빠의 돌봄을 받지 못해 외롭고 의기소침했던 어린 영혼이었던 겁니다."

소연 누나의 표정은 처음보다 조금 평온해 보였다. 잠시 후 은숙 씨가 고개를 작게 끄덕이며 말했다.

"군대에 가면서 내 아들이 나를 얼마나 원망했는지. 딸도 마찬가지였고. 괴로운 내 마음을 다독여 주는 사람은 없었지. 자식을 잘못 키웠다는 생각을 하면서도 인정하고 싶지 않았는데, 그때는 더 이상 부정할 수 없더라구. 누구보다 열심히 일했던 이유가 아이들을 잘 키우고 싶어서였는데…… 우리 매니저 경미 씨가 그러더라. 귀하다고 귀하게만 키워서는 안 되는 게 자식이라고. 나보다 한참 젊은데 똑부러진 사람이거든. 여기 오는 동안 이런저런 이야기를 나누면서 참 편안하고 좋았는데, 내 아들이랑은 그래 본 적이 있었나 싶더라. 아이에게 내 삶의 이야기보다는 돈을 먼저 쥐여 줬던 거 같아. 그 사고는 내 누추한 상황을 발가벗겨 보여 주었기 때문에 더 아프고 괴로워. 그런데 그 사건이 학생이 흘린 공 때문이라니 원망스러운 마음은 어쩔 수가 없네……."

은숙 씨가 가라앉은 표정과 목소리로 말했다. 말에 담긴 마음은 오래 간 먹물처럼 진했다. 난 갑자기 집으로 돌진한 그날의 엄마가 미워졌다.

곧 새탈 장소가 데이터 오류가 난 것처럼 지직거렸다. 첫 번째 만남의 장소를 떠날 때가 된 것 같다. 소연 누나가 문을 열었다. 곧 네 개의 벽은 폭파된 건물처럼 주저앉았다. 다시 광장이 나타났다.

갓은 우리에게 박수를 쳐 주었다.

"우리는 어떻게 되는 거죠? 감정의 매듭을 잘 푼 건지 모르겠네요."

은숙 씨가 나에게서 고개를 돌리며 말했다.

"정말 잘하셨습니다. 진심입니다."

갓이 은숙 씨에게 말했다.

"최은숙 님은 후회스럽지만 봉합하기에는 어려운 자녀와의 관계에 대한 안타까움도 발견하셨습니다. 어머니로서 희생하며 살았지만 작은 보답도 받지 못한 것에 대한 슬픔도요. 무엇보다 사고 원인 제공자에 대한 원망의 마음을 확인하였습니다."

이번에는 소연 누나를 향했다.

"김소연 님, 당신은 고질적인 죄책감에서 벗어났습니다. 본인 역시 보살핌 받지 못했음에도 책임감 때문에 죄책감에 시달려 왔다는 것을 알아차렸어요. 자신을 연민하는 마음을 확인하셨습니다. 큰 수확입니다."

이제 내 차례였다.

"그리고 이현 님, 잘못이 없어도 늘 미안해하며 자신을 감추어 왔는데, 드디어 자신을 위해 목소리를 냈습니다. 기쁘면 웃고, 화가 나면 소리치고, 슬프면 우는 것은 단순하지만 중요한 진리입니다. 이현 님은 오늘 그 진리를 경험했습니다. 나의 실수로 일어난 일에 대해서는 충분히 사죄하였지요. 의도적이지 않았던 점, 본인에게 있어 억울한 점을 충분히 피력했습니다."

그래도 아름다웠다고

다시 광장에 서게 되었다. 죽음에 대한 역사와 비밀을 알
게 되니 광장이 더 아득하게 느껴졌다.

우리 셋은 아무 말도 하지 않았다. 모두 각자의 생각 속에
빠져 있었다. 소연 누나는 눈을 감고 있었고, 은숙 씨는 높이
를 가늠할 수 없는 흰 천장을 바라보고 있었다.

나는 두 손을 들어 살펴보았다. 엄마를 꼭 잡았던 손과 공
을 놓친 손. 그러나 내 두 손을 탓하고 싶지 않았다. 필사적으
로 엄마의 손을 잡았던 그날의 감각이 되살아났고 공이 빠져
나간 왼쪽 옆구리로 허전함이 밀려왔다. 나는 두 손으로 얼굴
을 감쌌다. 아니 나의 얼굴로 두 손을 쓰다듬어 주었다.

"이제부터는 개별적인 만남이 시작됩니다. 만나야 하는 대

상이 모두 다르기 때문에 세 분의 만남에 시간차가 생길 수 있어요. 만남 대상자의 소환 준비가 완료되면 새로운 방이 만들어집니다."

묵직한 분위기를 의식해서인지 갓은 부러 밝게 말했다. 갓의 스마트워치에 빨간 불빛이 들어왔다.

"오늘은 진행이 좀 빠르네요. 최은숙 님과 김소연 님의 두 번째 만남이 시작되려고 합니다. 두 분은 좀 떨어져 서세요."

곧 두 사람 앞으로 각각 네 개의 벽이 솟아났다. 두 사람은 서로 눈빛을 한 번 주고받은 후 망설임 없이 문을 열고 들어갔다.

두껍긴 하지만 연기로 된 벽이라 만남의 방이 희미하게 들여다보였다. 은숙 씨가 들어간 곳은 어느 집이었다. 한 여자가 주방에서 설거지를 하고 있는 뒷모습이 보였다. 소연 누나가 들어간 곳은 장례식장이었다. 그곳에는 나이 들어 보이는 남자가 한 명 있었다. 방벽에 귀를 기울이면 이야기 소리도 작게 들렸다. 허락도 없이 이야기를 엿듣는 것은 예의가 아닌 것 같아 물러섰다.

"갓, 내 죽음의 비밀도 밝혀졌고. 나는 이제 엄마 말고는 더 만날 사람이 없는 것 같은데……."

"모든 사람은 세 번의 만남을 갖게 됩니다. 이현 님도 마

찬가지고요. 그것은 대대로 내려온 만남의 광장 제1규칙이
에요."

하늘을 올려다보았다. 만남의 광장은 어디가 시작이고 어
디가 끝인지 알 수 없을 만큼 넓기도 하지만 위로도 공간을
가늠할 수 없을 만큼 아득히 높았다. 눈을 가느다랗게 떠도
그 끝에 있는 것이 흰 천장인지 연기 덩어리인지 구분이 안
갔다. 살아서도 나는 점처럼 작은 존재였는데 만남의 광장에
서는 먼지보다도 더 작게만 느껴졌다.

갓의 시계가 다시 빛났다. 이제 내 차례인가 보다.

벽이 올라오고, 바닥에 흰 연기가 깔렸다. 곧 구름 벽이 내
앞을 가로막았다. 내 장례식장으로 가겠지. 거기서 엄마를 만
나게 되겠지. 엄마를 보면 뭐라고 말해야 하나, 미안하다고
할까. 죽고 싶어서 죽은 것도 아닌데 미안하다는 말이 어울리
지 않는 것 같았다. 나는 심호흡을 하려고 했는데 한숨이 나
왔다.

문을 열자 작은 방이 나왔다. 책상과 침대, 옷장만으로도
꽉 찬 방이었다. 창문에는 연둣빛 커튼이 드리워져 있었다.
작은 화장대도 하나 있었지만 화장품이 올려져 있지는 않았
다. 내 방은 아니었다. 엄마 방도 아니었다. 장례식장은 더더
욱 아니었다. 난생처음 보는 방.

누구의 방일까?

그때 침대에서 인기척이 느껴졌다. 이불을 머리까지 덮어
쓰고 누워 있던 누군가가 이불을 걷고 스르륵 일어났다.

"어, 어⋯⋯."

나는 너무 놀라 뒷걸음을 치다 곧 옷장에 몸이 부딪혔다.
몸을 일으킨 것은 제은이었다.

혼자 속으로 좋아하던 사람하고도 감정 정리가 필요한가?
한 번도 그 단어를 떠올린 적이 없지만 생각하고 나니 분명
해졌다. 나는 제은이를 좋아했다. 하지만 너무 혼란스러웠다.
제은이는 나의 존재조차 모르고 있을 텐데⋯⋯, 왜 이 방으로
온 거지? 그때 귓가에 갓의 음성이 들렸다.

'의심하지 말고 지속하세요. 깊은 인연이 있는 사람입니다.
오늘 꼭 만나야만 하는 사람이 맞아요.'

나는 어디에 눈을 두어야 할지 몰랐다. 이 벽에서 저 벽으
로, 그러다가 천장에서 내가 들어왔던 문까지, 아니 문은 이
미 사라지고 없었다. 혼란스러운 나의 눈동자는 여기저기 옮
겨 다녔다.

내 방에도 침대 하나에 옷장 하나, 책상 하나가 있었다. 그
것들만으로도 방은 꽉 찼다. 그래서 문을 늘 절반 정도밖에
열지 못했다. 그래도 나는 내 방이 좋았다. 회사에 간 엄마가

일찍 돌아오기를 기다리던 나는 언제부터인가 엄마가 야근하는 날을 기다렸다. 비밀스러운 일을 하는 것도 아니었는데 엄마 없는 집이 더 편했다. 그러다 엄마와 같은 집에 있는 것이 참을 수 없이 숨이 막힐 때면 새탈을 하고는 했다.

5월 초였나, 새탈 중에 스터디 카페에서 나오는 제은을 처음 보았다. 어디서 본 것 같아 생각해 보니 작년에 같은 반이었다. 우리 학교 체육복을 입고 머리는 느슨하게 묶었다. 커다란 가방을 메고 터덜터덜 걸어가는 모습이 귀여웠다. 그리고 부러웠다.

초등학교 3학년 때 회장이 되어 엄마가 그림책 낭독으로 학교에 온 날, 엄마가 자랑스러웠지만 더 이상 엄마를 친구들에게 노출시키면 안 된다는 생각을 했다.

4학년 3월에 친구들이 나를 회장 후보로 추천했다. 다른 아이들은 회장이 되고 싶어 자기 자신을 막 추천하던 분위기였다. 나는 사퇴를 결정했다. 목구멍이 바위로 막힌 것처럼 무겁고 답답했다. 선생님은 도대체 왜 그러는지 모르겠다는 표정으로 나를 봤다. 그러더니 피곤해진 얼굴로 말했다.

"알았어, 알았으니까 네 자리로 돌아가."

여전히 목구멍에 꽉 힘을 준 채 자리로 돌아와 앉으면서 나는 기린 선생님을 떠올렸다. 이런 상황에서 기린 선생님은 저렇게 짜증스러운 목소리로 말하지 않았을 것이다. 몇몇 아이들은 아쉬워했고, 몇몇 아이들은 기뻐했다. 키가 큰 여자아이가 회장이 되고, 얼굴이 하얗고 통통한 남자아이가 부회장이 되었다.

회장과 부회장 엄마는 학교에 자주 왔다. 도서실에 책을 빌리러 가면 그 아줌마들이 도서 대출을 해 줄 때가 있었다. 복도 맞은편 학부모 회의실에서 아줌마들끼리 오래 이야기를 하고 나오는 것도 몇 번 봤다. 그럴 때마다 회장 선거에서 사퇴하기를 잘했다고 생각했지만 심장 한구석이 날카로운 것으로 찌르는 것처럼 아팠다. 통증은 다행히 조금씩 무뎌 갔다.

그때 우리 반에서는 일주일에 한 번 수학 시험을 봤다. 학교에서 배운 것을 거의 그대로 냈기 때문에 어려울 것이 없었다. 어느 날 선생님이 그동안 한 번도 빠짐없이 계속 백 점이었던 어린이가 있다며 내 이름을 불렀다. 처음으로 선생님이 나에게 웃어 준 날인데 별로 기쁘지 않았다.

다음 날, 우리 반 부회장이 같이 놀자고 했다. 우리는 그 애 아파트 단지에서 신나게 놀았다. 든든한 간식을 차려 주며 그 애의 엄마는 자주 놀러 오라고 했다. 다음 날에는 부회장이 우리 집에서 놀자고 했다. 우리 집. 우리 엄마는 여전히 누나처럼 보였다. 나는 다음에 놀자고 했다. 그리고 그다음은 오지 않았다.

공부에서도 튀면 안 되는 거였다. 적당한 실수를 하기 시작했다. 답이 뻔히 보이는데 빗겨가야 할 때는 눈물이 찔끔 날 정도로 속이 상했다. 그러다 랩을 만났고, 공부와 성적에는 시큰둥해졌다. 최선을 다한다고 뭐가 달라질까하는 생각을 잘 접어 가슴에 담아 두고 다녔다.

그러면서도 밤늦도록 공부를 하는 느낌은 어떨까 궁금했다. 발음이 잘 안 되던 랩을 결국 정복했을 때나 도저히 풀릴 것 같지 않던 가사가 딱 마음에 들게 써졌을 때의 느낌과 비슷할 거라고 짐작할 뿐이었다. 풀리지 않는 의문은 왜 밤늦도록 공부를 하는가였다. 나에게는 생기지 않을 의욕이기 때문에, 밤을 새워 공부하는 누군가의 마음을 짐작도 하지 못했다.

제은에게는 최선을 다하는 사람이 뿜는 단단한 에너지가 있었다. 그게 멋있어 보였다. 새탈을 할 때면 일부러 스터디 카페가 있는 상가 쪽으로 가서 서성이다, 제은이가 나오면 멀찍이서 그 애와 동행했다. 그 애의 집 앞까지. 열두 시가 넘은 시각이라고 해도 가로등도 밝고 오피스텔과 아파트 단지에서 새어 나오는 빛이 있어 어둡지는 않았다. 그래도 나는 오

미터 정도 뒤에서 함께 걸었다. 지켜준다거나 보호한다는 생각은 없었다. 그냥 그렇게 같이 걷는 게 좋았다. 나는 한마디도 하지 않았다. 음악도 듣지 않았다. 그것이 함께 걷는 이에 대한 예의라고 생각했다. 우리는 무언의 대화를 나누는 중이라고 믿었으니까. 제은이는 나의 존재를 몰랐다 하더라도. 그런데 지금 제은의 방에 들어와 있는 것이다.

"저, 저기 미안해. 내가 너를 좀 따라다녔거든. 따라다녔다니까 이상하게 들릴지 모르겠지만 밤에 말야, 스터디 카페에서 너의 집까지, 미행이라고, 아, 그러니까 여기서의 미행은 '아름다울 미(美)' 자를 써서 미행이야, 무언의 대화를 나누며…… 아, 내가 뭐라는 거지. 오해 말아 줘. 스토킹 뭐 그런 건 아니었어. 그렇게 네 뒤에서 걷는 게 좋았어. 그런데 그것 때문에 이렇게 만나게 될 줄은 몰랐어."

잘 자고 있던 아이에게 악몽처럼 끼어든 것 같았다. 미안한 마음에 아무 말들이 쏟아져 나왔다.

"이렇게 보니까 좋다."

어? 뭐라고?

"이렇게 보니까 좋다고. 현아."

"나를, 내 이름을 알아?"

제은은 희미하게 웃으며 고개를 끄덕였다.

"옷도 이렇게 똑바로 보니까 더 멋있다. 맨날 곁눈질로 보거나 힐끗 봐서 잘 안 보였거든."

"너, 너, 내가 미행한 거, 아니 따라간 거, 아니 함께 걸은 것도 알고 있었어?"

"어떻게 모를 수가 있니? 주렁주렁 달린 체인들이 철럭철럭 소리를 내는데."

"어, 어, 어, 진짜야?"

만화에서처럼 감탄사가 입 밖으로 마구 쏟아져 나왔다.

"그런데 왜 그날은 햄버거킹 앞에 나오지 않은 거야?"

햄버거킹이라고? 그때 한쪽 벽에 영상이 재생되기 시작했다.

¶

2학년 축제가 끝난 다음 날이었다. 화장실에 다녀와서 책상 위에 펼쳐 놓은 수학 교과서를 치우다 책 사이에 끼워진 봉투를 발견했다. 연둣빛이었다. 봉투를 꺼내려다가 주위를 한 번 둘러보았다. 아이들이 너무 많았다. 나는 봉투를 책 사이로 더 깊이 끼워 넣고 수학책을 가방에 넣었다. 집에 오자마자 방문을 걸어 잠그고 봉투를 꺼냈다. 연두색 봉투 안에는 카드가 들어 있었다. 복면을 쓰고 무대 위에 서 있던 내 모습이 가느다란 펜으로 그려져 있었다. 나는 심호흡을 깊게 하고 카드를 펼쳤다.

복면가왕,

가면을 벗지 않아도 현아,

나는 너란 걸 알아.

네가 무대 위에 오른 것처럼

나도 용기 내 보려고 편지를 써.

너와 만나고 싶어.

이번 주 토요일 오후 한 시

사거리 햄버거킹에서 기다릴게.

단순한 내용인데 이해가 가지 않았다. 카드를 쓴 사람은 분명 내가 복면가왕에서 노래한 것을 확신하고 있었다. 축제 때를 제외하고 학교에서 노래를 부른 적은 없었다. 아이들 앞에서뿐만 아니라 화장실에서 볼일을 볼 때나 복도를 걸을 때도 흥얼거려 본 적 없다. 복면가왕을 할 때는 가장 아끼는 힙합 바지와 티셔츠를 입었다. 학교에 한 번도 입고 가거나 가지고 간 적도 없는 것들이었다. 그런데 누군가가 내 정체를 알고 있는 것이다. 누가 어떻게 알게 되었는지 도저히 알 수가 없었다.

나는 햄버거킹에서 카드를 쓴 누군가를 만나는 상상을 해 보았다. 키가 클지 작을지, 얼굴이 동그랄지 길쭉할지, 그 애도 랩을 부를지 그렇지 않을지 도통 상상이 되지 않았다. 사실 그런 것들은 중요하지 않았다. 카드에서 느껴지는 호감이면 충분했다. 어떻게 내 정체를 알아내었는지 묻는 장면을 상상했다. 혹시 랩을 좋아하는지, 아니라면 어떤 음악을 즐겨 듣는지도 묻고 싶었다. 내가 랩을 좋아하게 된 계기는 당장 말하기 어렵겠지만 좀 더 가까워지면 말해 줘야지. 그렇게 친구를 만들고 싶었다.

무엇을 입고 나갈까 생각했다. 옷은 세미 힙합 복장이 좋을 것 같았다. 복면가왕 때 입을까 고민했던 옷을 꺼내 보았다. 그룹 레드 제플린의 멤버와 악기들이 기하학적인 무늬와 함께 프린팅 된 흰색 티셔츠에 진한 청바지였다. 폭이 그리 넓지 않아 일반적인 청바지로 보였다. 운동화는 약간의 키 높이가 되는 스니커즈로 골랐다. 무늬가 들어가 있지만 바탕과 같은 흰색이라 도드라지진 않았다. 그리고 챙이 빳빳한 스냅백을 써야겠다고 생각했다. 혹시 아이들이 알아볼 수도 있으니 모자로 얼굴을 가리면 좋겠다는 생각이 든 순간, 나는 고개를 저었다.

토요일 사거리 햄버거킹이라니, 마트나 문구점에 다녀오느라, 학원 수업 보충을 받느라, 친구를 만나 운동을 하거나 수다를 떠느라 수많은 아이들이 그 앞을 지날 터였다. 어쩌면 매장 안에도 있을 것이다. 전교생의 반은 아마 그 시간대에 햄버거킹 주변에 있지 않을까.

이현이 힙합 옷을 입고 햄버거킹에서 누군가와 만나더라, 그 상대가 영향력 있는 아이면 그런 아이라서, 무시당하는 애라면 찐따라서 더 입에 오르내릴 것이다. 그리고 곧 복면가왕도 나였다는 것이 온 세상에 알려질 것이다.

만일 약속 장소에 나가지 않는다면?

카드를 보낸 누군가가 내가 복면가왕이라는 사실을 유포할 수도 있다. 그러나 명백한 증거가 없으면 그 소문은 곧 사라질 것이다. '그럼 그렇지, 그럴 리가 없지' 하는 눈빛들이 내 어깨와 이마를 스쳐 갈 것이다.

토요일 나는 학교 누군가가 자신을 봐도 전혀 눈길을 주지 않을 옷을 골라 입었다. 그리고 카드를 끼워 둔 수학책을 가방에 넣었다. 사거리는 토요일 오전부터 사람들로 북적였다. 서점에도 화장품 가게에도, 약국에도 사람들이 많았다. 나는 햄버거킹이 정면으로 보이는 길 건너편에 서서 가게 안을 바라보았다. 많은 사람들이 햄버거킹 안으로 들어갔다 나왔다. 거리가 있는 데다 유리창 때문에 매장 안은 잘 보이지 않았다. 사람들의 형체는 어렴풋이 보였지만 얼굴을 알아볼 수 없었다.

세 시까지 햄버거킹을 지켜보았지만 그곳에서 혼자 나오는 아이는 없었다. 카드를 보낸 누군가는 아예 나오지 않았을 수도 있고, 계속해서 나를 기다리고 있을 수도 있었다. 어쩌면 나처럼 멀리서 지켜보고 있을지도 모를 일이었다. 어느 경우든 마음은 아프지만 어쩔 수 없었다. 그 사람을 만났더라도 상상처럼 편안하게 이야기를 나눌 수는 없었을 것이다. 호감을 가진 누군가에게 실망만 안겼을 거라 믿기로 했다. 너무 오랫동안 친구가 없었으니까.

¶

"너였어?"

"넌 나인 줄 몰랐어? 알고 미행한 거, 아니 따라온 거 아냐?"

"아니, 전혀 몰랐어. 그냥 어느 날 밤에 우연히 너를 봤어. 밤길이기도 하고, 그냥, 너랑 같이 걷고 싶었어……."

제은은 믿을 수 없다는 표정으로 나를 바라봤다. 나도 말을 멈추고 그 애를 바라보았다. 이렇게 누군가의 눈을 오래 바라본 적은 없었다. 이미 멈추어 버린 심장이지만 다시 쿵쿵거리며 격렬하게 뛰는 것 같았다.

"햄버거킹 안에서 너를 기다리면서, 네가 안 나와서 서운하기도 하고, 다행이기도 했어."

제은이의 그 마음을 잘 알 것 같았다. 제은은 침대에서 일어나 섰다. 안 그래도 작은 방이 더 꽉 찼다. 제은이 한 걸음 한 걸음 다가올 때마다 내 심장의 울림도 커져서 내 온몸이 흔들릴 지경이었다.

"나 너 안아 줘도 돼?"

제은이 물었다. 나는 간신히 고개를 주억거렸다. 그 애는 내 허리를 살포시 안았다. 나는 두 팔을 어찌할지 몰라 허공에 들고 있었다.

"너는 늘 조용했지. 절대 나서는 법이 없었지만 나는 네가 어디에 있든 너무 잘 보였어. 가끔은 네가 말하는 소리가 들리는 것처럼 느껴지기도 했어. 너는 아무 말도 하지 않았지만 말이야. 축제 무대에 네가 올라왔을 때 나는 바로 너라는 걸 알았어. 딱 네 걸음걸이였거든. 사회자 옆에 짝다리로 서 있는 폼도 딱 너였어. 랩도 멋지고 가사도 멋있고 다 좋았지만 네가 낸 용기가 정말 멋있다고 생각했어. 그래서 나도 너에게 용기를 내서 고백하고 싶었어. 그날 안 나와서 너무 슬펐지만, 교실에서 너랑 어색해지지 않았으니 다행이었어. 3학년이 되어서 다른 반이 된 것도 다행이라고 여겼어. 그런데 언제부터인가 네가 내 뒤를 따라오는 걸 알게 되었어. 아무 말도 없이. 네가 고요하게 나를 지켜 주는 것 같았어. 너만의 방식으로. 너와 함께하는 밤길이 정말 행복했어. 언젠가 뒤돌아보아야지, 너와 눈을 맞춰야지, 나란히 걸어야지 했는데……, 네가 이렇게 멀리 떠나 버렸어."

제은은 내 허리를 더 세게 끌어안았다. 나도 엉거주춤 그 애의 어깨를 감싸 안았다.

"미, 미안해."

"그래, 너, 나한테 미안해야 해. 하지만 현아, 이렇게 볼 수 있어서 정말 다행이야. 학교에서 네 복면가왕 영상을 함께 봤어. 나는 눈물이 나는 걸 꾹 참았어. 애들이 학교 축제 역사상 최고의 무대였다고 다시 한번 감격했어. 너란 걸 몰라 봐 미안해했고."

"고, 고마워."

"많이 아프고 무서웠지?"

제은은 잠시 말을 잇지 못했다. 그 애의 작은 어깨가 조금

들썩거렸다. 살아 있을 때는 한 번도 느낀 적이 없는 감정이 떠올랐다. 따뜻한 구름이 내 마음에 가득 차 있는 느낌이었다. 아무리 많은 화살이 날아와 꽂혀도 상처가 날 것 같지 않았다. 단단한 부드러움이 나를 감쌌다.

"앞으로 너를 못 본다는 건 너무 슬프지만…… 이렇게 한 번 안아 주고 보낼 수 있어서 너무 다행이야. 잠시 동안이라도 너를 볼 수 있어서 행복했어. 살아 있는 동안, 내가 할 수 있는 한 열심히 기억할게."

아주 오래도록은 말고 늦은 밤 스터디 카페에서 나올 때 한 번씩 기억해 준다면 정말 고마울 것 같았다.

"너와 함께 걷던 밤길은 나한테도 가장 행복한 시간이었어. 내가 가장 좋아하는 새벽 공기를 너와 함께 마시면서 걸을 수 있어서……."

배 속에서 울컥하고 뜨거운 것이 목구멍까지 올라와 말을 더 이을 수가 없었다. 제은은 한 걸음 뒤로 물러서더니 내 얼굴을 빤히 바라봤다.

"기억하려면 잘 봐 둬야지."

더 잘 기억하기 위해 나도 그 애의 얼굴을 들여다보았다. 제은이 다시 침대에 앉았다. 벽체가 조금씩 흔들리고 있었다.

"이제 갈게. 잘 지내."

나는 뒤돌아서 문을 향해 걸었다. 새 탈 때의 밤공기가 코끝에 와 닿았다.

"너도 잘 지내."

돌아보니 제은이 손을 흔들고 있었다. 손이 떨렸다. 문을 열고 싶지가 않았다. 나는 눈을 질끈 감고 문을 열었다. 등 뒤에서 벽이 스르륵 허물어지듯 사라졌다.

잠시 뒤 눈을 뜨니 은숙 씨와 소연 누나, 그리고 갓의 모습이 보였다.

"예상치 못했던 사람이었나 보네요?"

갓이 묘한 웃음을 띠며 말했다. 은숙 씨와 소연 누나의 만남의 방이 들여다보였던 것이 떠올랐다. 얼굴이 화끈거렸다.

"다들 두 번째 만남에 대해 이야기해 볼까요? 이현 님부터?"

갓이 제안했다. 은숙 씨는 먼 데를 바라보고 있었다. 소연 누나는 아주 희미한 미소를 지으며 나를 바라봤다. 부끄러웠지만 말하고 싶었다. 내가 느낀 따스함과 부드러움에 대해서, 나를 오래도록 좋은 기억으로 떠올려 줄 누군가가 있다는 것에 대해서도.

"나는 사람들을 잘 관찰해요. 그래야 사람들이 어떤 행동을 싫어하는지 좋아하는지 구별할 수 있거든요. 그리고 그런 행동을 하지 않아야 주목받지 않을 수 있고요. 그런데 오늘 처음 알았어요. 나를 드러내지 않으려고 아무리 노력해도 알아봐 주는 사람이 있다는 걸요. 그것도 아주 따뜻한 시선으로."

"기분 좋았습니까?"

갓의 질문에 식어 가던 내 얼굴이 다시 한번 불타올랐다.

"네……, 네. 좋았어요. 정말 좋았어요. 처음이었어요, 그런 느낌."

은숙 씨는 여전히 먼 데를 바라보고 있어 표정을 읽을 수가 없었다. 차라리 화라도 낸다면 좋을 텐데……. 나도 엄마한테 그랬다. 화도 내지 않고 짜증도 내지 않고, 그냥 입을 닫고 문을 걸었다. 이게 이렇게 답답한 거였다니. 소연 누나는 조금 더 밝아진 듯했다.

갓이 손뼉까지 치며 말했다.

"너무 아름다운 한 장면이었습니다. 브라보!"

"아, 그러지 마세요."

"두 청춘의 설렘이 그대로 전해져서 우리까지 덩달아 행복해졌어요. 갓에게도 삼백여 년 전쯤 그런 때가 있었죠."

"아, 진짜 그만하시라고요!"

"부러워서 그러는 겁니다. 그러니 이해해 주세요. 그럼 김소연 님은?"

갓이 소연 누나를 보며 물었다.

"저는 아빠를 만났습니다. 처음에 술 먹지 마라, 밥 잘 챙겨 먹어라 잔소리를 하다가 처음으로 진심을 말했습니다. 엄마가 떠나서 아빠도 슬펐겠지만, 아빠가 술을 마시고 방황을 한 것이 저에게는 큰 상처가 되었다고. 보살핌을 받지 못해 너무 외롭고 슬펐다고. 동생을 돌보아야 했던 것도 버거웠다고 말했습니다. 돌보는 책임을 다하지 못해 동생이 세상을 떠난 것 같아 괴로웠다고요. 그 괴로움은 원래 제 몫이어서는 안 되는 것이었다고요. 아빠도 처음으로 저에게 미안하다고 했습니다. 그 순간 제 마음이 정말 많이 괜찮아졌습니다. 상담을 하고 약을 먹어도 조약돌 서너 개가 배 속에 들어 있는 느낌이었습니다. 교통사고의 원인을 알게 되면서 제 마음의 병이 왜 생겼는지 분명해진 것 같습니다. 동생의 죽음도 너무 마음 아팠지만 저는 우리 가족의 삶이, 그리고 제 자신의 삶이 너무 안타까웠던 겁니다."

소연 누나는 눈을 감고 숨을 골랐다. 그녀의 눈꺼풀이 미세하게 떨렸다.

"아빠가 저에게 잘 지내라고 했습니다. 살았을 때 그런 말 좀 하지 그랬냐고 타박했지만, 저는 알았습니다. 아빠가 늘

가지고 있었지만 전하지는 못했던 진심이라는 것을요."

소연 누나의 목소리는 여전히 작았지만 어떤 힘이 느껴졌다. 내가 제은을 만나 느꼈던 단단한 부드러움이 떠올랐다.

"나는 생각지도 못했던 사람을 만났어요. 우리 가게 매니저 경미 씨요. 나는 경미 씨를 좋은 사람이라고 생각했지만 그런 마음을 드러낸 적은 없었어요. 경미 씨는 너무 훌륭하거든요. 혼자서 아이들을 키우는 미혼모예요. 당당하고 현명한 사람이지요. 애들을 한없이 사랑하면서도 필요할 때는 딱 단호하게 가르치고. 그래서인지 경미 씨 아이들 역시 자기 할 일 알아서 잘하고 엄마 고마운 줄도 알더라고요. 나보다 어린 사람이지만 경미 씨 보면서 많이 배우고, 깨달은 것도 많아요. 나는 그게 대단하다고 느끼면서도 이상하게 거북했어요. 그게 질투였다는 걸 오늘 알았네요. 내게 없는 걸 가진 경미 씨가 부러웠어요. 오늘 고백했어요. 못난 사장을 용서해 달라고. 오랫동안 가족보다 더 온 마음을 다해 내 곁을 지켜준 사람인데, 교통사고 수습도 자기 일처럼 묵묵히 해 준 사람인데……, 내가 참 못났죠. 지금이라도 마음을 전하고 나니 정말 시원하네요."

은숙 씨가 잠시 심호흡을 크게 두어 번 하더니 말을 이었다.

"경미 씨를 통해 나의 실패를 인정하게 되었어요. 아빠 없는 아이들이라는 소리 안 듣게 하려고 반듯하게 키우고 싶었는데……."

은숙 씨가 왈칵 눈물을 보였다. 자식을 잘 키우고 싶은 마음은 모든 부모가 똑같을까? 우리 엄마도 나를 잘 키우고 싶었을 텐데, 엄마도 성공했다고 느끼지는 못하겠지. 그동안 자신의 실패를 뼈저리게 느끼게 하는 사람을 옆에서 지켜봐야 했던 은숙 씨의 복잡한 마음이 느껴졌다. 엄마도 그런 사람이 있었을까. 존재만으로도 엄마에게 실패감과 절망감을 심어 준 사람이 있었을까.

제은의 얼굴이 떠올랐다. 기린 선생님의 얼굴도. 엄마 주변에도 이런 사람들이 있으면 좋겠다. 따뜻하게 안아 주고, 생각만 해도 힘이 나는 그런 존재들. 내가 해 주지 못한 것들, 앞으로도 해 주지 못할 것들을 해 줄 수 있는 그런 사람들.

나는 계속 은숙 씨를 바라보는데 은숙 씨는 나에게 눈길을 주지 않고 있다. 아쉽지만, 어쩔 수 없는 일이다.

"자, 이제 두 번째 만남을 모두 잘 끝내셨습니다. 이제 마지막 세 번째 만남이 남았어요. 잘해 봅시다."

갓이 우리를 둘러보며 말했다.

슬픔의 실체

이제 마지막 만남이 기다리고 있었다.

"갓, 저는 두 번의 만남이 모두 예상 밖이었어요. 만나야 하는 사람은 어떻게 결정이 되는 거예요?"

"매우 좋은 질문입니다. 만남의 광장에서는 내가 만나고 싶은 사람이 아니라 만나야 할 사람을 만나게 됩니다. 이승에서 얽힌 사람들의 관계는 생각보다 복잡해요. 이현 님은 제은 양을 만났을 때도 느꼈겠지만 상대방이 내가 느끼는 감정 그대로 느끼는 건 아니거든요. 그 보이지 않는 인연의 끈을 저기서는 다 알고 있기 때문에 조정을 하는 거죠."

갓은 검지로 하늘을 가리키며 말했다.

"그러면 그 세 번의 만남을 잘 못 끝내면 어떻게 해요? 감정이 잘 정리가 되어야 하는데 그렇지 못한 경우요."

"이것도 매우 중요한 질문이네요. 살아 있는 사람의 경우에 죽은 자의 영혼과 감정적 화해를 하지 못하면 깊은 슬픔이나 죄책감에 시달리며 남은 생을 살게 됩니다. 반대로 감정적 화해를 하게 되면 망자의 죽음에 슬픔을 느끼긴 해도 극복을 할 수 있지요."

"죽은 자의 영혼은요?"

"죽은 자의 영혼이 이승에서의 얽힌 감정을 잘 풀지 못하면 이승을 떠돌게 됩니다. 영혼으로서는 매우 고단한 일이죠. 그러다 스트레스가 쌓이면 사람들에게 해코지를 하다 결국 악령으로 불리기도 하지요. 저승 세계로 안전하게 넘어가는 영혼들은 새로운 생을 경험합니다. 고통 없이 평화로운 시간을 보내게 되죠. 훗날 다시 태어날 수도 있고요."

갓의 말에 우리는 작은 한숨을 쉬었다. 구천에서 떠도는 영혼이나 귀신이라고 불리는 존재가 되고 싶지는 않았다.

"잘 푼다는 건 무슨 뜻이죠? 무조건 용서를 하는 건가요? 아직도 잘 모르겠어요."

"아닙니다. 이현 님이 제은 양을 만났을 때처럼 나도 몰랐던 감정을 알아내는 것, 그리고 그 감정을 있는 그대로 인정하고 받아들이는 것이 올바른 정리예요. 매우 간단한데 사람들은 이 부분을 어려워하죠."

갓의 설명은 알 것도 같고 모를 것도 같았다. 있는 그대로
의 감정이라……. 그래서 첫 번째 만남에서 은숙 씨와 부딪혔
을 때에도 잘했다고 했던 것일까. 나는 엄마에게도 선생님에
게도 해 보지 않았던 변명을 처음으로 해 봤다. 누가 오해를
해도 그대로 두고 뒤로 숨어 버리던 나였는데……. 처음으로
나 자신을 위해 항변했다.

나의 죽음과 연결된 은숙 씨와 소연 누나에게 나는 미안함
과 죄책감을 동시에 느꼈다. 소연 누나는 나를 이해하는 것
같다. 소연 누나가 마음의 병을 잘 이겨내고 저승에 잘 들어
가면 좋겠다. 은숙 씨는 아직 마음을 풀지 않았다. 은숙 씨가
나를 영영 미워할까 봐 걱정이 되었다. 하지만 내가 할 수 있
는 일은 없다.

많은 밤, 제은을 멀리서 바라보고 그 애와 함께 걸으면서
도 나는 그것이 좋아하는 마음이라고 인정하지는 않았다. 오
늘에서야 제은이를 향한 내 마음도 제대로 알게 되었다. 그
애 역시 나를 좋아해 주었다는 사실에 감격했다. 내 감정을
제대로 깨닫는 것은 감사한 일이다. 내 감정에 대해 솔직하게
인정하는 것은 나의 존재를 인정해 주는 것이다.

이제 한 번의 만남은 엄마가 될 것이 분명했다. 엄마에게

나는 어떤 감정을 갖고 있는지 알 수가 없었다. 평생을 함께 살아왔는데, 엄마에 대한 감정은 너무 복잡해서 하나로 정리될 것 같지 않았다. 가족이란 가장 가까우면서도 마음을 알기 가장 어려운 사람들이 아닐까.

"지금쯤 올 때가 됐는데."

갓이 초조한 듯 주변을 살피며 말했다. 우리는 의아한 눈으로 갓을 바라봤다.

"아, 오는군요!"

아무것도 보이지 않는데 갓은 무언가가 보이는지 환히 웃었다.

"오늘 여러분의 죽음은 사실 기이했습니다. 동시에 세 명이 같은 사건으로 사망하셨죠. 거기에 과거의 인연도 얽혀 있고요. 이 소식을 듣고 저기 위에서도 마음이 안 좋았는지 특별 보너스를 내려 준……."

"워!"

갓의 말이 끝나기도 전에 누군가 우리를 놀래켰다. 심장을 쓸어내리며 돌아보니 어떤 남자가 서 있었다. 나보다 서너 살 많아 보이는…….

"악!"

소연 누나는 뒤돌아보고는 소리를 지르며 바닥에 주저앉

았다. 처음 자신의 죽음을 목격한 때처럼 공포스러워했다.

"누, 누나! 왜 이래? 창피하게. 동생을 보고 이렇게 놀라는 사람이 어디 있어."

십 년 전에 죽었다던 그 형이었다. 형이 소연 누나의 어깨를 잡고 일으켜 세웠다. 누나는 눈을 뜨지도 못하고 계속 괴로운 표정만 짓고 있었다.

"또 이런다. 내가 십 년 전에 이 만남의 광장에서 누나를 찾아갔었단 말이야. 그때도 누나가 완강히 거부해서 결국 못 만났잖아."

그때 소연 누나가 동생과 만남을 가지고 감정 정리를 잘했다면 자살하는 일은 벌어지지 않았을까?

"누나, 눈 떠 봐. 응? 누나가 내 죽음에 대해서 죄책감 갖지 말기를 내가 얼마나 원했나 몰라. 그런데 이게 뭐냐?"

그제서야 소연 누나는 천천히 눈을 떴다.

"아, 떴다, 떴어! 우하하하."

형은 죽은 사람이 되살아난 것마냥 기뻐했다.

"소준아…… 미안해, 정말 미안해."

"미안해하지 마, 누나. 난 다 알아. 나 어릴 때 엄마 대신 아빠 대신 누나가 나를 얼마나 챙겨 줬는지 말야. 밥부터 옷, 학교 숙제까지 누나 없었으면 나는 아무것도 못했을 거야. 누나도 어린아이였는데, 나 돌보느라 고생이 많았어."

이러면 안 되는데 눈 주변에서 뜨거운 것이 느껴졌다.

"그런데 너 정말 소준이 맞아?"

소연 누나가 이해가 안 간다는 표정으로 물었다.

"맞지, 나 김소연 누나 동생 김소준. 갓, 나 김소준 맞죠?"

갓이 흐뭇하게 웃으며 고개를 끄덕였다.

"너무 많이 변했어. 이렇게 의젓한 애가 아니었는데……."

"십 년이면 강산도 변한다는데 김소준도 좀 변해야지. 나도 여기 생활 십 년 차라고."

형은 엄지와 검지로 브이를 만들어 턱 밑에 댔다. 나오려던 눈물이 도로 쏙 들어갔다.

"누나한테 정말 꼭 말해 주고 싶었던 게 있어. 나 죽을 때 하나도 안 아팠어. 누나가 매일 밤 사고가 난 사거리를 내려다보며 내가 얼마나 아팠을까 걱정했잖아. 죽는 순간엔 고통이 안 느껴지더라고. 누나 죽을 때 아팠어?"

소연 누나가 잠시 생각을 하더니 고개를 저었다. 정말이었다. 나도 죽음의 순간에 육체적 고통을 전혀 느끼지 못했다. 아팠다면 내가 죽은 장면을 목격할 때, 그때가 심장이 타들어가는 것처럼 괴로웠다.

눈물을 계속 흘리고 있었지만 소연 누나의 얼굴은 약도를 들고 처음 만난 이후 가장 편안해 보였다.

"거 봐, 나도 안 아팠어. 신기하더라. 그래서 한 번 더 죽어 볼까도 생각했어."

소연 누나가 형의 등에 스매싱을 날렸다.

"아하하하. 농담, 농담. 누나도 하나도 안 변했네. 손이 겁나 매워. 옛날이랑 똑같아."

"저기, 소준 학생. 미안해요. 내가 사고를 낸 사람이야."

은숙 씨였다.

"원인은 나예요. 내가 공을 떨어뜨려서 그만. 하지만 일부러 그런 건 아니……."

나도 가만히 있을 수 없었다.

"다 알죠. 여기 와서 알게 되었어요. 죽음은 참 복잡하고 신비로운 거라는 걸요."

"여러분의 이 아름다운 재회를 저 혼자만 보다니 정말 아깝네요. 이 감동을 더 누리고 싶지만 이젠 정말 시간이 없습니다. 어서 세 번째 만남들을 준비합시다."

"김소연 님, 세 번째 만남입니다."

붉은빛 알람이 울리는 시계를 보며 갓이 말했다. 소연 누나가 우리로부터 몇 걸음을 이동하자 바닥부터 만남의 방 벽이 스르륵 올라왔다. 소연 누나는 소준 형을 한 번 돌아보고는 심호흡을 했다. 소연 누나가 들어간 곳은 어떤 집 거실이었다. 나이 든 여자 한 명이 소파에 앉아 휴대폰으로 게임을 하고 있었다. 소준 형의 표정이 어두워졌다. 아마도 어렸을 때 떠났다던 어머니인 것 같았다. 소연 누나에게는 이번 만남이 가장 힘든 만남이 될 것 같았다.

"이현 님도 준비하시죠."

갓의 시계가 다시 붉은빛을 내며 번쩍거렸다. 내가 걸음을 옮기려 하자 갓이 내 팔목을 잡았다.

"마음 단단히 먹어요. 내가 옆에 있다는 것 잊지 말고요."

이상하다는 생각이 들었지만 가볍게 고개를 끄덕이고 말았다. 문득 갓의 이 목소리를 어디서 들어본 것 같았다. 곧 몇 걸음 이동하자 벽이 올라오기 시작했다. 나를 바라보고 있는 은숙 씨의 시선이 느껴졌다. 내가 마주 바라보자 이내 고개를 돌렸다.

이제 엄마와 마지막으로 대면해야 했다. 나는 입술을 잘근잘근 씹으며 문을 열었다. 내가 들어간 곳은 어떤 건물 밖이었다. 몇몇 사람들이 상복을 입고 있었다. 역시 내 장례식장인가 보다. 그런데 엄마는 어디 있지? 주변을 둘러보아도 엄마는 보이지 않았다. 그때 한 남자가 눈에 들어왔다. 다른 사람들은 무채색으로 희미하게 보였는데 그 사람은 선명하게 눈에 들어왔다. 벤치에 앉아 자판기 커피를 마시고 있는 그에게 다가가 옆에 앉았다. 그가 고개를 돌려 나를 봤다. 처음 보는 사람이었다.

내가 떨어뜨린 작은 공이 은숙 씨의 차 사고를 냈고 소연 누나의 마음까지 다치게 했다. 제은은 2년 동안 나를 따뜻한 눈으로 바라보고 있었는데 나는 그걸 몰랐다. 그러니 이 남자를 그냥 모르는 사람으로 단정 지을 수가 없었다. 나와 어떤 인연으로든 얽혀 있을 것이다.

남자는 나를 보더니 씨익 웃으며 눈인사를 했다. 나도 얼결에 고개를 숙였다. 그는 선한 눈매를 하고 있었다.

"혹시 저를 아세요?"

"글쎄요. 잘 모르겠는데요."

"그런데 친절하게 인사를 하시네요."

"습관 같은 거예요. 눈이 마주쳤는데 그냥 고개를 돌리는 건 예의가 아닌 것 같아서. 그런데 학생 옷이 멋있네요. 힙합 공연이라도 한 모양이에요."

그는 30대 중반쯤 되어 보였다. 수더분한 목소리로 착한 이야기를 하는 그에게 나도 솔직하게 말했다.

"공연은 안 했어요. 힙합은 좋아하지만."

"멋지네요."

"그리고 저는 오늘 죽었어요."

"죽었다고요? 내가 지금 꿈을 꾸는 거지요? 나는 내 어머니의 장례식장에 와 있어요. 그런데 어머니가 아니라 다른 영혼을 만나네요. 꿈이든 생시든 이렇게 어린 나이에 죽다니, 안타깝네요. 학생 장례식장도 여기인가요?"

"그건 잘 모르겠어요. 오늘이 죽은 지 삼 일째 되는 날인데, 이승에서 인연을 맺은 사람을 만나 감정을 풀어야 한대요."

"그럼 내가 그 감정을 풀어야 하는 인연인 건가요? 나도 죽는 건 아니죠?"

사람 좋게 묻는 그의 표정에 긴장되었던 내 마음도 조금 풀어졌다.

"정말 이상한 일들이 계속 벌어지네요. 군대 제대하고 대학 졸업하고 취업 준비하다 회사에 다닌 지 이제 이 년 정도 됐어요. 남들보다 늦게 시작해서 그런지 아직도 모든 게 낯설고 힘들죠. 그런데 대학 다닐 때 과외조차 해 본 적이 없어요. 지금 하는 일도 금속 관련 국제 무역이라 학생들이랑 연관성도 없고. 그리고 난 기억력이 정말 좋은 편인데 학생을 만난 적은 없어요."

그는 말끝을 흐리며 건물 쪽으로 눈을 돌렸다. 남자의 오른쪽 귀에 까만 점이 귀걸이처럼 박혀 있었다. 그때 건물 벽에 영상이 재생되었다.

¶

카페에 누군가가 들어섰다. 엄마였다. 고등학생 시절 같았지만 한눈에 알아볼 수 있었다. 엄마는 카페 문을 등지고 앉았다. 휴대폰을 들여다보고 있는 표정이 편안해 보이지는 않았다. 잠시 후 다급한 발소리가 들렸다. 한 남자가 맞은편에 앉았다. 엄마 또래였다.

"그동안 왜 연락 안 했어? 그날 일 때문에 화났어?"

남자가 얼굴을 붉히며 물었다. 엄마의 얼굴도 조금 붉어졌다. 엄마는 고개를 저었다.

"나는 그날 정말 좋았거든. 자꾸 그날 일이 떠올랐어. 노래방에서, 애들이 우리 둘만 남겨두고 가 버린 게 처음에는 황당했는데 지나고 보니 고마운 일이었어. 나 너 계속 좋아했거든."

남자는 멋쩍게 웃었다. 엄마는 그런 남자를 지긋이 바라봤다.

"인석아, 나도 너 좋아했어. 1학년 때부터야. 네가 따뜻하고 다정한 아이라서 좋았어. 작년에 고백할까 했었는데……."

인석이 놀란 듯이 입을 크게 벌리며 웃더니 손으로 자기 입을 막았다.

"아, 진짜? 나 혼자만 좋아하는 거면 어떻게 하나 했어. 다행이다, 정말 다행이야."

"그런데 나 임신했어."

엄마가 말했다. 목소리가 떨리고 있었다.

"누가?"

아직 현실을 자각하지 못한 인석이 물었다.

"나."

"너?"

"응."

"어떻게?"

엄마는 인석을 말없이 바라봤다. 잠시 후에야 인석은 이제야 알겠다는 듯 고개를 천천히 끄덕였다.

"한 번으로도 임신이 정말 되는구나. ……그럼 이제 어떡해?"

"그건 내가 묻고 싶은 거야."

인석의 입꼬리에 경련이 이는 것이 선명히 보였다.

"우리 결혼하자."

한참 만에 입을 연 인석은 어느 때보다 진지했다. 전혀 예상치 못한 대답이었는지 엄마는 눈을 동그랗게 떴다.

"우리 고3이야."

"우리가 부모잖아. 그러니까 결혼해서 아이를 낳아야지."

남자의 목소리는 따뜻했다. 엄마의 눈빛은 흔들렸다.

"이제 곧 수능이야."

"수능까지 두 달 반 남았잖아. 그때까지 배가 많이 부를까?"

"나도 모르지. 인터넷에 찾아보니까 삼 개월부터 나오기 시작한다던데."

"패딩 입고 다니면 안 보이지 않을까? 대학생 되면 휴학도 할 수 있다고 하던데. 휴학하고 애기 보면 되지 않아?"

"휴학?"

엄마는 잠시 눈을 감고 생각에 잠겼다.

"너랑 나랑 같은 대학에 가면?"

"에이, 경이 너는 공부를 나보다 훨씬 잘하잖아. 나야 너랑 같은 대학에 가면 좋지만 너는 손해 아냐? 그래도 우리 같은 학교 가면 애기 잘 키울 수 있겠다."

인석이 환하게 웃었다. 어떤 걱정도 없는 얼굴이었다. 엄마는 여전히 걱정스러운 표정이었지만 애써 웃어 보였다.

하굣길에 인석이 엄마를 학원까지 데려다 줬다. 학원이 끝날 때는 집까지 함께 갔다. 언뜻 어두운 표정이 스치기는 했지만 둘은 편안해 보였다. 길가 포장마차에서 떡볶이를 사 먹고, 밀크티도 마셨다.

"엄마랑 누나가 너 보고 싶대."

인석이 말했다.

"그래야겠지."

"너희 아빠도 아셔?"

"아직 말 못 했어."

"너희 아빠도 나오셔야 하지 않을까?"

"그래야겠지."

한정식 집이었다. 엄마와 젊은 외할아버지가 앉아 있었다.

"아빠, 고마워."

"아빠는 아직도 반대야. 네 나이가 몇인데 애를 낳아. 그냥……."

"아빠, 엄마가 나를 버렸잖아."

"그, 그건……."

"아빠는 이혼이라고 말하겠지만 나는 버림받은 거야. 나는 내 아기를 지킬 거야."

엄마의 목소리는 낮았지만 단호했다.

"아빠, 인석이 정말 괜찮은 애야. 우리 믿어 줘."

외할아버지는 긴 한숨을 쉬었다.

곧 화장을 진하게 한 아주머니와 젊은 여자가 들어왔다. 인석은 없었다.

"우리 인석이는 안 나올 겁니다."

여자가 말했다. 차가운 목소리였다.

"고3이 결혼이라니 말이 된다고 생각하세요? 아기를 낳겠다니, 용감한 건가요? 무모한 건가요? 출산은 절대 안 됩니다. 어쩌다 우리 순진한 인석이가 이런 일에 휘말렸는지 모르겠지만, 나는 앞날 창창한 아들 인생 망칠 생각 없습니다."

엄마의 얼굴은 얼음물을 뒤집어 쓴 사람처럼 창백해졌다. 외할아버지도 마찬가지였다.

"인석 어머니, 무슨 말씀을 그렇게 하십니까?"

"나는 지금 두 아이 모두의 앞날을 걱정하는 겁니다. 성은 여중 생활 지도 부장님이라고 들었어요. 학교 애들 말고 따님 교육을 더 시키셔야 할 것 같네요. 다시는 말도 안 되는 결혼 이야기 나올 일 없게 해 주시고요. 정리하는 데 드는 비용은 부담하겠습니다. 아이들이 서로 합의하에 벌어진 일이니 이후 이 일로 불미스럽게 물고 늘어지는 일은 없을 줄 믿겠습니다."

엄마는 현기증을 느끼는지 두 손으로 머리를 감쌌다.

당당한 어머니 옆에서 인석의 누나도 도도하게 고개를 끄덕거렸다. 엄마는 어디론가 급히 전화를 걸었다. 하지만 아무도 받지 않았다. 인석의 어머니가 차가운 눈빛으로 엄마를 바라봤다.

"더 하실 말씀 없으시면 저희는 그만 일어나겠습니다."

엄마와 외할아버지는 아무 말도 하지 않았다. 외할아버지와 단둘이 남자, 엄마는 식탁에 쓰러지듯 엎드렸다. 외할아버지는 답답한 듯 주먹으로 가슴을 쳤다.

엄마는 비틀거리며 화장실로 갔다. 화장실 안으로 들어가려는데 현기증이 이는지 몸이 기우뚱 흔들렸다. 엄마가 손잡이를 잡은 채 서 있었다. 그때 누군가의 목소리가 들렸다.

"너 때문에 엄마랑 나랑 이게 무슨 꼴이야?"

잠시 뒤 목소리가 또 들렸다.

"어떻긴 뭐가 어때. 완전히 충격 먹었지. 출산이니 결혼이니 그런 이야기 못 나오게 엄마가 아주 쐐기를 박았거든. 아무리 당황해도 그렇지, 너는 어떻게 결혼하겠다는 말을 먼저 하냐? 바보냐? 너 앞으로 한 번만 더 사고쳐 봐, 아주 그냥……."

그다음 말은 물소리 때문에 잘 들리지 않았다. 엄마는 비틀거리는 걸음으로 식당을 빠져나왔다.

"아이를 꼭 낳아야겠니?"

집에 도착해서 외할아버지가 엄마에게 물었다. 엄마는 대답 없이 방으로 들어갔다.

엄마가 어느 카페로 들어섰다. 짧았던 머리가 길어 있었다. 자리에 앉아 있던 인석이 손을 들었다. 인석은 캐주얼한 차림이었다.

"그동안 공부하느라 연락을 못 했네. 잘 지내지?"

환한 미소를 지으며 묻는 인석을 바라볼 뿐 엄마는 대답하지 않았다.

"애기가 몇 살이지?"

대답이 돌아오지 않자 당황했는지 인석은 주위를 두리번거리며 어색하게 물었다. 엄마는 이번에도 대답은 하지 않고 인석을 빤히 쳐다보았다.

"아이한테 아빠가 필요하지 않을까?"

엄마는 질문의 의미를 이해하려는 듯 눈을 가늘게 떴다.

"이제 유치원도 들어가고 하면 아빠가 없다는 게 이상하다는 걸 알게 되지 않겠어? 그리고 너도 자유를 좀 누리는 게 좋을 거고. 내가 비록 삼수를 했지만 대학에 오니까 좋더라고. 지금이라도 대학에 가면 어때?"

"대학? 대학은 꿈도 안 꿔."

"너 공부 잘했잖아. 조금만 공부해도 어디든 들어갈 수 있을 텐데. 혼자서 애 키우면서 공부까지 하는 건 무리겠지? 그러면 애를 나한테 맡기는 건 어때? 우리 엄마가 잘 돌봐 주실 텐데."

엄마의 얼굴이 순식간에 굳었다.

"뭐라고?"

"쉽게 생각해, 경아, 너에게 자유를 주고 싶어서 그런 거야."

불길한 느낌이 들었다.

"육 년이나 지나서 갑자기 나타나 내게 자유를 주겠다고?"

"화내지 마. 애한테도 아빠랑 할머니랑 고모가 있는 게 낫겠니 아니면 엄마 혼자만 있는 게 낫겠니?"

"너 군대는 안 가니?"

엄마가 불쑥 물었다.

"어? 아, 그게. 가야지, 가야 하는데…… 안 가면 좋고……."

인석은 당황한 기색이 역력했다.

"너 혹시 군대 안 가고 싶어서 아이를 이용하려고 하는 거니? 부양가족 뭐 그런 걸로?"

"이, 이용이라니. 아니야. 그건 절대 아닌데…… 너도 혼자 애 키우는 거 힘들고, 나도 군대 가느니 차라리 그 시간에 더 생산적인 일을 할 수 있잖아. 어차피 그 애는 우리 애고."

"우리 애? 이건 네 작전이니, 아니면 너희 엄마 작전이니?"

"작전이라니, 그렇게 살벌하게 말하지 말고 모두를 위한 쪽으로, 좋게 생각해."

"모두를 위해 좋은 쪽은 육 년 전에 고민했어야지. 다시는 연락하지 마."

당당하게 말을 마치고 엄마는 일어섰다. 그러나 온몸을 덜덜 떨고 있었다. 이를 악물고 엄마는 카페를 나섰다. 휴대폰이 연신 울렸다. 인석이었다. 전화를 받지 않자 인석의 메시지가 연달아 도착했다. 엄마는 전화기를 꺼 버렸다.

¶

더 이상 영상을 볼 수 없었다. 어디에서도 환영받지 못하면서도 나를 잃을까 전전긍긍하는 엄마의 모습이 너무 안쓰러웠다. 유치원에서도, 마트에서도 엄마는 늘 이상한 시선을 받아야 했다. 그 시선은 거부를 의미했다. 어리지만 당당했던 엄마는 점점 작아져야만 했다.

내 눈앞에 앉아 있는 사람이 바로 인석이었다.

"아니 누가 이렇게 악의적으로 영상을 편집한 거죠? 학생,
아니에요. 저거, 진실이 아니에요."

인석이 억울한 목소리로 물었다.

"그런데 학생은 도대체 누구인데 나한테 이렇게 말도 안
되는 걸 보여 주는 거지요? 호, 혹시?"

"그쪽이 내 생물학적 아버지인가 보네."

"너…… 맞구나? 어쩐지 낯이 익다 했어. 그런데 이름이 뭐
더라? 내가 요즘 너무 바빠서 가끔 내 이름도 까먹을 지경이
야……."

"현."

"아, 맞아. 현, 현이었지. 현아, 저거 조작된 거야. 저거 믿으
면 안 돼."

"저 영상이 조작된 거라고?"

"그래, 저런 일은 일어나지 않았어."

"저건 저승에서 보여 주는 삶의 모습이야. 자기 편리한 대
로 기억을 조작하는 건 그쪽이야."

"생각해 봐, 현아, 열아홉에 아버지가 된다는 게 보통 일이
야? 나는 너무 겁이 났어. 무엇보다 엄마랑 누나가 너무 반대

를 했어. 그런데 어떻게 결혼을 해."

"그럼 군대 가기 싫어서 아버지가 되는 건 괜찮은 거야?"

"그건 경에게도 도움을 주고 싶어서 그랬던 거지. 진짜야."

"정말 눈물 나게 고맙네. 그렇게 엄마가 걱정돼서 육 년 동안 연락 한 번 안 했구나?"

"경이 갑자기 사라져 버렸으니까. 나는 너를 낳은 것도 몰랐어. 너한텐 미안하지만 당연히 안 낳을 거라 생각했지. 그런데 재수하는 나한테 사진 한 장을 딱 보내더라고. 나도 너무 괴로웠어. 그래서 공부를 할 수가 없었어. 경이 만나서 고3 때 난리 났지, 재수도 망하고 결국 삼수까지 하게 된 거야. 나도 피해자라면 피해자야."

"피해자?"

그는 착한 목소리로 애절하게 호소하고 있었다. 엄마 때문에 자신이 얼마나 고통스러웠는지 말이다. 치졸한 변명을 주절거리면서도 나를 설득하고 싶어 했다.

"현아, 누나 놀이 하자."

유치원 때인가 엄마가 제안했던 놀이였다.

"밖에서는 엄마를 누나라고 하는 거야. 누나라고 열 번 말하면 초콜릿을 줄 거야."

마트나 은행, 치과 같은 곳에서는 엄마를 누나라고 부르는 놀이였다. 놀이라고 했는데 전혀 재미있지 않았다. 사람들 시선 때문이었다. 사람들은 언제나 '왜?'를 달았다. 왜 누나가 동생을 데리고 치과를 왔지? 왜 누나랑 동생 나이 차이가 저렇게 많이 나지? 저 누나는 어떻게 엄마처럼 동생을 챙기지? 왜가 달린 수많은 질문들은 화살표가 되어 엄마를 찔러 댔다. 엄마는 화살에 찔리면서도 어떻게든 세상에 나가려 했다. 나 때문이었겠지.

나는 엄마와 달랐다. 단단한 철옷을 입었다. 그 안에서 쥐 죽은 듯이 서서 사람들은 나를 장식품처럼 지나쳐 가기를 바랐다. 나는 그게 가장 안전한 삶의 길이라고 여겨왔다.

"부끄러움도 없고, 양심도 없는 인간."

"그때 부양가족으로 등록만 해 줬으면 너는 할머니 사랑 듬뿍 받으면서 나랑 살았을 거야. 우리 엄마가 네 엄마에게 충분히 보상도 해 줬을 거고. 모두가 윈윈하는 일이었는데……. 그러면 나는 군대에서 다리 다쳐 의가사 제대하는 일도 없었을 거고. 생각해 보면 경을 만난 후에 제대로 풀린 일이 하나도 없어. 군대 가 있는 동안 우리 엄마도 이상해지고……."

"뭐라고?"

온몸이 부르르 떨려 왔다. 저런 인간이 내 아버지라니. 발

바닥부터 이마 끝까지 뜨거운 기운이 불길처럼 솟구쳤다. 주먹이 저절로 쥐어졌다. 점차 주먹이 뜨거워지기 시작했다. 내두 주먹은 곧 달구어질 대로 달구어진 쇳덩이처럼 벌게졌다. 용광로에서 녹아내린 내 분노가 두 주먹에 부어진 것처럼. 이분노로 이 사람을 해칠 수 있을 것 같았다. 내 어머니의 슬픔과 나의 슬픔 모두를 합쳐 저자를 응징하고 싶었다. 그것이나의 마지막 임무라고 생각했다. 나는 주먹을 들어 올렸다.

"어, 어, 왜 이래?"

위험을 감지한 인석은 창문 쪽으로 몸을 피했다. 나의 기세에 눌려 의자 바닥으로 미끄러졌다. 내 두 손은 나도 참을수 없을 만큼 더 뜨거워졌다. 이 주먹으로 내리치면 저놈을없앨 수 있을 것 같았다. 아버지라 불릴 자격도 없는 인간. 나는 인석을 향해 두 팔을 번쩍 들었다.

"현!"

누군가가 내 팔을 잡고 외쳤다. 갓이었다.

"나는 너에게 하지 말라는 말은 할 수 없어. 하지만 다시 한번 생각해."

"어떻게 저리도 이기적일 수가 있어요. 나와 엄마가 살아온 시간이 얼마나 고통스러웠는지는 하나도 모르잖아요. 우리는 아무하고도 연결되지 못한 채 살아왔어요. 이제 엄마는 혼자 남았고요. 그런데 저 막돼먹은 인간은 자기 힘들었던 것만 떠벌리면서 엄마한테 책임을 떠넘기고 있어요."

"헌, 저자가 잘했다는 게 아니야. 네가 용서하지 않는 것만으로도 저자는 충분히 괴로운 생을 보낼 거야. 너를 생각해. 잘못하면 영원히 구천을 떠돌게 돼."

"구천을 떠돌면서 저놈을 끝까지 괴롭히고 싶어요."

"그런 마음이 드는 순간이 있지. 하지만 네 마음이 영원한 분노에 갇히게 되는 거야."

"그럼 엄마는요. 우리 엄마는 어떻게 해요? 그리고 나는요? 그림자처럼 살 수밖에 없었던 우리의 십육 년은요?"

"네 마음을 안다. 내가 잘 알아."

갓의 목소리가 심장을 통해 들어왔다. 눈물이 막 쏟아졌다. 나는 아이처럼 엉엉 울고 있었다. 내 죽음을 알게 되었을 때도 이러지 않았는데, 분노와 함께 산처럼 무거운 슬픔이 쏟아져 나오고 있었다. 문득 갓의 목소리는 무릎을 꿇고 눈을 바라보며 이야기해 주던 기린 선생님하고도 비슷하고, 축제에 나가 보라고 권하던 음악 선생님하고도 비슷하게 느껴졌다. 그들이라면 내게 어떤 이야기를 해 주었을까?

나는 고개를 돌려 인석을 외면했다. 그리고 눈을 질끈 감았다. 엄마의 인생이 너무 안타까웠고 내 인생이 너무나 슬펐다.

"엄마…… 엄마……."

아이처럼 엄마를 부르자 불길이 잡히듯 분노가 조금씩 가라앉았다. 하지만 곧 깊은 슬픔에 마음이 아려 왔다. 뜨거웠던 분노는 차가운 빗물이 되어 내 마음을 적시고 있었다. 아주 어릴 때는 아빠의 부재를 인식하지도 못했다. 초등학교 입학 즈음, 왜 나는 아빠가 없는지 궁금해졌다. 어린 마음에도 엄마에게 물어서는 안 된다는 것을 알았다. 엄마를 제외하면 물어볼 사람이 없었다. 결국 왜 나는 아버지가 없는지 나 자신에게 묻고 혼자서 답을 찾고는 했다.

그 후로 아빠가 있다면 나도 세상에 나갈 수 있을 거라고 생각했다. 더는 그림자처럼 살지 않아도 될 거라고 믿었다. 어리석었다. 왜 아빠를 둥글고 환한 이미지로만 상상했던 것일까. 왜 아빠라는 인간이 이렇게 부도덕한 이기주의자일 수도 있다고는 의심하지 않았던 것일까. 단 한 번도 말이다. 오히려 엄마에게 활을 겨눴다. 엄마는 왜 아빠에 대해서는 한마디도 해 주지 않는 걸까. 엄마는 왜 나를 혼자 낳아 키워야만 했던 것일까. 엄마는 왜 그토록 어린 나이에 엄마가 되어야만 했던 것일까. 비난과 의심의 화살을 엄마에게 겨냥해 왔다. 누구보다 어리고 예뻤던 엄마가 자랑거리가 될 수 없다는 것을 나는 빨리 알아 버렸다. 엄마와 내가 열여덟 살 차이밖에 나지 않는다는 사실은 선생님에게도 말할 수가 없는 부끄러움이었다. 열아홉에 엄마가 된 소녀의 마음을 헤아리기에 나는 너무 어렸다.

"내가 이미 죽었지만, 내 모든 것을 걸고 당신을 용서하지 않겠어. 당신은 한 여자의 인생을 망가뜨렸어! 내 일생을 어둠에 가두어 놓았고! 평생 그 죗값을 치르면서 살아!"

"뭐라고? 난 충분히 고통 받으며 살고 있어. 대학도, 군입대도 늦어졌고, 취업도 늦어져서 고생 중이야. 나를 저주하지 마. 내 잘못이 아니라고. 그래도 내가 네 아빠잖아. 어? 현아?"

그자의 목소리가 다시 내 분노를 건드리려고 할 때 갓이 손가락 스냅으로 딱 소리를 냈다.

"아, 아악!"

벽이 무너지듯 내려앉고 그자도 고통스러운 신음을 토하며 사라졌다.

기운이 빠져 다리가 휘청했다. 소연 누나가 달려와 부축하듯 내 어깨를 감싸 안아 주었다.

"고생했어요, 이제 괜찮아요."

나는 호흡을 가다듬으려 애썼다. 그러나 좀처럼 진정이 되지 않았다. 두 손을 눈앞에 들어 보았다. 아직도 벌건 기운이 남아 있는 두 손은 덜덜 떨리고 있었다.

"내 손으로 그자를 죽이고 싶었어요. 하지만 못 했어요. 대신 저주를 퍼부었어요. 엄마의 인생과 나의 죽음에 슬픔과 죄책감을 느끼며 살라고요. 나는 죄책감 느끼지 않을 거예요. 나 잘못한 거 아니지요? 나에게 생명을 준 사람이니 감사했어야 하나요? 아니죠? 아니라고 말해 줘요."

"잘했습니다. 나라도 그랬을 겁니다."

소연 누나의 눈에도 눈물이 그렁그렁 맺혀 있었다.

"나도 엄마라는 사람을 용서하지 않았습니다. 어이없게도 그 여자는 내 앞으로 나올 연금을 욕심내고 있었습니다. 딱 잘라 말했습니다. 내 앞으로 유족 연금이 나오더라도 십 원한 푼 받을 생각 말라고. 오히려 나랑 동생 혼자 키우느라 평생 허리 한 번 못 편 아빠에게 동생과 내 양육비를 지급하라고 했습니다. 앞으로 십오 년 동안 매달. 동생이랑 나는 죽고 없지만 그동안 못한 엄마 역할 조금이라도 하라고요. 안 그러면 밤마다 꿈에 나타나서 괴롭힐 거라고 했습니다. 부들부들 떨면서도 다 말했습니다. 어디서 그런 용기가 생겼는지 저 스스로도 놀라면서요."

누나의 얼굴도 아직 발갛게 상기되어 있었다. 누나는 내

등을 쓸어내려 주었다. 내 손의 떨림도 잦아들고 마음의 동요
도 조금씩 가라앉았다.

"나는 첫 지령을 받았을 때부터 이게 영원히 깨지 않는 꿈
이기를 바랐어요. 게임 속에 들어온 건지 꿈을 꾸는 건지는
몰랐지만 이렇게 사는 것도 괜찮겠다 싶었어요. 은숙 님과 이
야기 나누는 것이 처음엔 어색했는데 갈수록 좋더라구요. 그
렇게 누군가와 깊은 대화를 나누는 건 처음이었거든요."

은숙 씨는 두 손으로 입을 막고 있었다. 손가락 사이로 눈
물이 줄줄 흘러내리고 있었다. 나와 엄마의 이야기에 마음이
아팠던 모양이다.

"만남의 광장에서 누군가를 만나게 된다는 걸 알았을 땐
엄마밖에 만날 사람이 없으면서도 엄마는 만나기가 싫었어
요. 엄마는 나를 평생 외롭게 한 사람이라고 생각했으니까요.
나는 엄마 탓을 하고 있었어요. 엄마가 나보다 더 외롭고 슬
픈 사람이라는 걸 이제 알았어요. 아니 그동안은 알면서도 모
른 척하고 있었던 거예요. 이제 아니에요. 엄마를 만나고 싶
어요. 내 엄마를요."

세 사람이 동시에 나를 바라봤다. 놀란 그들의 눈은 동그
래져 있었다.

"아! 이현 님은 방금 세 번째 만남을 끝냈습니다. 안타깝지

만 더 이상 만남을 진행할 수 없습니다. 누구에게나 기회는

단 세 번 주어지니까요."

사랑만 한 것은
아니지만

존재조차 모르던 그자를 만나서 내 마음에 있는 줄도 몰랐던 슬픔과 분노를 확인했다. 답답함이 가슴을 죄어 올 때마다 나는 엄마 때문이라고 생각했다. 그런데 그 인간을 만났기 때문에 엄마를 만날 수가 없다. 엄마를 사랑하기만 한 것은 아니지만, 엄마를 만나지 않고서 저승으로 갈 수는 없었다. 끝까지 내 앞을 막는 나쁜 놈. 하지만 그자를 만났기에 또한 엄마와 내 인생이 어디에서부터 슬프게 꼬였는지 알 수 있었다. 차라리 그자를 해치고 이승에 남았어야 했나. 그러면 엄마를 볼 수 있을 텐데. 나는 주저앉아 버렸다. 무거운 침묵이 이어졌다.

"내 기회를 주겠어요."

은숙 씨였다.

"갓, 나에게 한 번 기회가 남았잖아요. 그걸 현이 학생에게 주고 싶어요."

"그건 안 됩니다. 이 만남은 거래나 양도를 할 수 있는 성질의 것이 아니에요."

갓이 단호한 목소리로 말했다.

"그게 가능하다고 해도 받을 수 없어요. 은숙 님도 중요한 사람을 만나야지요. 아, 그리고 모두에게 미안해요. 실수로 공을 떨어뜨렸으니 내 잘못이 아니라고 한 것, 용납될 수 없는 변명처럼 들렸을 거예요. 미안해요. 정말 미안해요."

"공이 왜 떨어졌는지, 우리는 모두 잘 알잖아. 학생, 내 말 들어. 학생은 엄마를 만나야 해. 갓, 제발 내 부탁 좀 들어줘요. 나는 이제 아쉬울 게 없어요. 곧 만날 사람은 내 아들이거나 딸일 텐데…… 그 애들은 만나지 않아도 될 것 같아요. 제발, 내 기회를 현이 학생에게 줘요."

은숙 씨의 표정은 정말 간절했다.

"안 돼요, 갓. 모두에게 공평하게 세 번이잖아요."

나도 가만히 있을 수는 없었다. 갓이 두 손을 펼쳐 우리를 조용히 시켰다. 눈을 감고 깊게 심호흡을 하며 생각에 잠겼다. 잠시 후 천천히 눈을 뜬 갓이 입을 열었다.

"내 사자 인생 이백칠십삼 년 만에 대형 사고 한번 치겠습니다. 베테랑 사자로서 창의적인 시도를 한번 해 보는 거예요."

"하지만 갓!"

"이현 님, 내 걱정은 안 해도 됩니다. 그동안 쌓은 커리어로 이 정도는 처리할 수 있어요. 이 아름답고 인간적인, 아, 더 이상 인간은 아니지만요. 그럴 만한 충분한 상황인데다가 최은숙 님의 진심을 잘 알기 때문에 시도해 보겠습니다. 사자 옷을 벗는 한이 있어도 이번 일은 내가 성사시키겠습니다."

나는 갓보다 은숙 씨가 더 걱정이었지만 더는 말하지 않았다. 은숙 씨는 어느새 내 손을 잡고 괜찮다는 듯 고개를 끄덕이고 있었다. 눈에는 아직 눈물이 고여 있었다. 은숙 씨를 만나 함께한 지금까지의 시간들이 스쳐 지나갔다. 무심한 듯 보이지만 말이 잘 통했다. 편안해서 솔직해질 수 있었다. 그런 은숙 씨가 내 공 때문에 사고가 일어났다는 것을 알고 나를 외면했다. 많이 서운했지만 이해가 안 가는 것은 아니었다. 그런데 지금 내게 자신의 만남권을 양보하려고 한다.

갓은 결연한 표정을 지으며 스마트워치를 작동했다. 레이저 불빛이 시계에서 뿜어져 나왔다.

제은을 만났을 때처럼 심장이 다시 쿵쾅대고 있었다. 벽이 올라오고 벽에 문이 생겼다. 문을 열기 전에 뒤를 돌아봤다. 갓, 은숙 씨, 소연 누나 그리고 소준이 형이 있었다. 두 손을 모아 쥔 사람들. 달리기를 앞둔 아이를 응원하는 것 같았다. 나는 감사의 마음으로 고개를 숙였다.

내가 들어간 곳은 어떤 건물의 옥상이었다. 오래된 사무용 가구들이 구석에 쌓여 있는데 바람까지 불어 더 황량했다. 나는 급하게 두리번거리며 엄마를 찾았다. 가구 더미 뒤 난간에 검은 상복을 입은 엄마가 서 있었다. 바람이 불 때마다 위태롭게 휘청이면서.

"엄마."

충분히 들릴 만한 목소리였는데, 엄마는 돌아보지 않았다. 엄마는 몸을 앞쪽으로 쭉 내밀었다.

"엄마! 엄마! 안 돼!"

엄마에게 달려갔다.

"엄마, 거기서 뭐 하는 거야? 내려와!"

엄마는 엷게 웃으며 발아래를 내려다봤다.

"현아, 조금만 기다려. 엄마가 갈게."

"무슨 말이야? 뭘 기다려? 어딜 가?"

나는 엄마의 옷자락을 잡아 붙들었다. 엄마는 그제서야 고개를 돌렸다.

"너에게 갈 거야. 현아, 내 아들. 너 없이 엄마가 어떻게 살아. 말도 안 되지."

엄마가 떨리는 목소리로 말했다.

"아니야, 안 돼. 오지 마. 나중에 와, 나중에 응?"

엄마는 내 뺨을 어루만지려는 듯 손을 뻗었다.

"미안해, 현아. 엄마가 다, 다 미안해."

엄마는 이내 고개를 돌려 허공을 바라봤다. 그러더니 기어이 한 발을 뗐다.

"안 돼, 경아!"

그때 내 뒤에서 절규하는 목소리가 들렸다. 피부를 관통할 만큼 진한 울부짖음이었다. 그 소리가 종이 인형같이 바람에 나부끼고 있는 엄마에게도 가 닿았는지, 엄마가 다행히 발을 내려놓고 뒤를 돌아봤다. 나도 뒤를 돌아봤다.

은숙 씨가 여긴 웬일이지?

"경아, 이경. 나 알아보겠니?"

엄마 눈에 불꽃이 일었다.

"아악! 여기 왜 왔어? 안 돼! 내 아들 못 줘. 현아, 저 사람 절대 보지 마. 우린 모르는 사람이야."

아들을 못 준다고? 나? 은숙 씨에게?

"아니야, 경아. 현이를 데리러 온 게 아니야. 너한테 사죄하러 온 거야. 미안해. 너한테 정말 죽을죄를 지었어."

"사죄? 하하하하."

"네가 아이를 지우고 대학 들어가서 잘 지낸다고 들었어. 인석이 말만 듣고 다 잘된 줄 알았어."

인석? 은숙 씨가 그자의 엄마?

"현아, 정말이다. 교통사고를 내고 나서 더 괴로웠던 이유가 네 엄마 생각이 나서였어. 내가 한 아이의 마음을 짓밟았구나. 그걸 모르는 척하고 돈 벌었다고 떵떵거리며 살았구나 싶어 괴로웠어."

이럴 수가. 은숙 씨가 내 생물학적인 조모였다니.

"네가 인석이를 만나는 걸 보고 멈춘 내 심장이 산산조각 나는 느낌이 들었어. 네가 엄마를 만나고 오면 다 설명할 생각이었다."

"그런 소리 지껄이지 마. 당신하고 당신 아들 때문에, 내가 아니, 내 아들이 얼마나 숨죽여 살았는지 알아? 재능 많고 다정했던 아이가, 모든 걸 멈추고 모든 걸 차단했다고! 그러다 세상까지 떠났어. 열여섯 살에! 내 아들의 십육 년은 무엇으로도 보상할 수 없다고!"

"정말 죽을죄를 지었어. 혼자 애 둘을 키우면서 정말 잘 키우고 싶었다. 그런데 결정적인 순간에 옳지 않은 판단을 했어. 후회해도 소용없다는 거 알아. 용서하지 않아도 돼."

은숙 씨는 무너지듯 무릎을 꿇었다.

"그런데 경아, 죽지 마라. 나는 이미 죽었다. 공교롭게도 현이랑 같은 시간에 죽었지. 현은 이곳에서 내가 지킬게. 너는 네 인생을 지켜다오. 제발 죽지 마."

눈물이 은숙 씨의 얼굴을 타고 줄줄 흘러내렸다. 그래서 내게 만남권을 양보한 거구나.

"죽었다고……?"

엄마 눈이 동그래졌다. 엄마의 눈물이 바람을 타고 멀찍이 떨어졌다.

"내 아들이랑 같이 있다고?"

은숙 씨가 고개를 끄덕였다.

"무슨 자격으로? 어? 무슨 자격으로 당신이 내 아들을 만나?"

다시 한번 바람이 불어왔다. 엄마의 몸이 크게 휘청였다.

"안 돼!"

달려가서 엄마 허벅지를 안았다. 엄마가 몸부림을 쳤다. 나는 두 팔에 힘을 더 주었다. 그리고 엄마를 들어내려 꼭 끌어안았다. 나를 낳고 안고 업어 주던 엄마가 내 품에서 울고 있다.

"내 사고 장면을 목격했대. 그래서 심장이 멈췄대."

화장을 진하게 하고 냉정하게 쏘아붙이던 여자가 은숙 씨라는 것이 충격이었다. 하지만 은숙 씨를 비난할 여유가 없었다. 엄마를 안정시키는 게 급했다. 엄마는 진짜냐고 묻듯이 나를 올려다봤다. 부르르 떨리던 엄마의 경직된 몸이 조금 진정되었다.

"그리고 지금 이렇게 엄마를 만날 수 있도록 도와줬어."

엄마는 다시 내 품에 안겼다. 엉엉 울며 마음속에 있는 누군가와 싸움이라도 하는 듯 고개를 젓고 발을 쿵쿵 굴렀다. 나는 계속 엄마를 꼭 안고 있었다. 한참 만에 엄마는 울음을 멈추었다.

"아이를 키우면서 숱하게 생각했어. 당신 입장이었다면 나는 어떤 선택을 내렸을까. 매번 내 결정은 달라졌어. 그만큼 어려운 문제였다는 걸 알아. 하지만 난 당신을 용서하지 않을 거야. 가 버려."

은숙 씨는 고개를 끄덕이며 자리에서 천천히 일어섰다.

"제발 네 생을 포기하지 마. 악착같이 살다 보니 또 살 만한 날이 오더라. 내가 했던 잘못들이 매일 심장을 바늘처럼 찔러 댔지만 옆에 있는 사람들에게 위로받고 위로하며 살아지더

라. 꼭 살아, 경아. 부탁이다."

나도 고개를 끄덕였다. 엄마의 삶이 여기서 끝난다는 건 있어서는 안 될 일이었다. 엄마의 눈에 가득 찼던 분노가 사그라들고 있었다.

"이렇게 다시 만나서 미안하고 감사하구나. 내 영혼이 사라질 때까지 사죄하는 마음 잊지 않을 거다."

고개를 떨군 채 은숙 씨가 방을 나갔다.

엄마와 나는 무릎을 세우고 나란히 앉았다. 엄마가 손에 꼭 쥐고 있던 휴대폰에서 동영상이 재생되고 있었다. 작년 축제 복면가왕 영상이었다.

"담임 선생님하고 친구들이 장례식에 왔었어. 이 영상은 어떤 여학생이 보여 줬어. 굉장히 자랑스러워하면서."

제은이의 얼굴이 떠올라 피식 웃음이 났다.

"체육 선생님도, 음악 선생님도 오셨어. 모두 너무 슬퍼했어. 내 아들이 조용히만 지내는 줄 알았더니 학교에서 인기가 짱이었나 봐?"

"당연하지. 그러니까 엄마, 나한테 미안해할 거 하나도 없어. 알았지?"

엄마가 고개를 끄덕였다.

"엄마 그런데, 나 여섯 살 때 사거리 장터에서 옥수수도 사고 나 파란 공도 사고 그랬던 날, 기억 나? 왜 그렇게 뭐에 홀린 사람처럼 막 걸어갔어? 나 그날 산 공을 놓쳐서 잃어버렸잖아."

엄마 눈빛이 다시 흔들렸다. 무서운 영화를 본 사람처럼 몸서리를 쳤다.

"다시는 보고 싶지 않은 사람을 봤어. 그 사람은 착한 얼굴을 하고 있지만 자기 자신을 위해서라면 어떤 짓도 벌일 수 있는 사람이거든. 그 사람한테 아무것도 빼앗기고 싶지 않았어. 무엇보다 그 얼굴을 너에게 보여 주고 싶지 않았어."

그랬구나. 엄마는 그날 인석을 본 것이었다. 인석이 엄마를 찾아왔던 것일까. 아니면 우연히 동네를 지나치고 있었던 것일까. 그 어떤 경우라 해도 엄마에게는 공포였을 것이다. 나를 지키기 위해 전전하느라 내 목소리는 들을 수 없던 엄마. 그때 놓친 공이 모두의 삶을 흔들어 놓았다. 인석에게 저주를 퍼부어 주고 와서 다행이었다. 엄마에게 그를 만났다는 이야기는 하지 않았다.

"엄마 혼자 장례 치르느라 힘들었지?"

"왜 엄마가 혼자야. 외할아버지가 있잖아."

나는 외할아버지를 두어 번 본 기억이 있었다. 한번은 초등학교 입학식 날이었다. 아이들이 바글바글한 초등학교 강

156

당에서 나는 할아버지와 사진을 찍고 짜장면을 먹었다. 또 한 번은 중학교 1학년 여름방학 때였다. 가만히 있어도 땀이 줄줄 흘러내리는 날이었다. 나는 선풍기 앞에서 꼼짝도 안 하고 누워 있었다. 그때 초인종이 울렸다. 보통 택배가 와도 나는 문을 잘 열어 주지 않았기 때문에 초인종 소리를 무시했다. 그런데 누군가 계속 문을 두드려 댔다. 짜증이 나서 문을 열어 보니 할아버지가 서 있었다. 내가 인사도 못 하고 멀뚱히 서 있자 집 안을 휘 둘러본 할아버지는 그럴 줄 알았다는 표정을 짓고는 문을 닫고 나갔다. 그리고 한참 만에 일꾼 한 명과 함께 다시 와서 거실에 벽걸이 에어컨을 설치했다.

나는 에어컨이 생겨서 좋긴 했지만 엄마에게 뭐라고 말을 해야 할지 몰라 난감했다. 할아버지는 말없이 내 손에 용돈을 쥐여 주고 가셨다. 그날 집에 돌아온 엄마는 에어컨을 보자마자 할아버지에게 전화를 걸었다. 누가 이런 거 해 달라고 했냐, 다시는 이러지 말아라……. 전화를 끊은 엄마는 한참을 울었던 것 같다.

"엄마가 용기를 냈네."

엄마가 쓸쓸하게 웃으며 고개를 끄덕였다.

그때 엄마의 모습이 짙은 밤하늘에 나타났다.

어린 엄마는 배가 남산만 하게 불러서 공부를 하고 있다.

아기를 옆에 뉘여 놓고도 공부를 했다.

"엄마 저게 나야?"

"그럼 너지."

"번데기 같다."

"네가 잘 놀래서 속싸개로 꽁꽁 싸 놨어."

"그런데 무슨 공부를 저렇게 열심히 했어?"

"내 아들 내가 먹여 살려야 하니까. 자격증을 몇 개 땄지. 그 자격증으로 지금 다니는 회계 회사에 들어갔잖아."

엄마가 아기 띠를 매고 동네를 산책한다. 나는 엄마의 배에 등을 대고 엄마와 같은 방향을 보고 있다. 내가 버둥거리면 엄마가 조잘거리면서 이야기를 해 준다.

"말도 못 알아들을 텐데, 무슨 말을 저렇게 해 주는 거야?"

"책을 보니까 아기한테 말을 많이 해 주라더라. 하늘이야, 구름이야, 꽃이야 말해 주면 네가 얼마나 좋아했다고. 다 알아듣고 온몸으로 대답하는 거 같았어."

"안 무거웠어?"

"무거웠지. 그래도 유모차보다 나았어. 길이 울퉁불퉁해서 유모차 끄는 게 쉽지 않았거든. 그리고 너와 저렇게 한 몸인 양 다니는 게 참 좋았어. 덕분에 안 그래도 작은 키가 더 줄어든 것 같지만."

놀이터에서 엄마는 내 뒤를 졸졸 따라다니고 있다. 나는 서너 살쯤 되었는지 걷는 것이 위태롭다. 미끄럼틀에서는 엄마 품에 안겨 내려온다. 그네도 엄마 무릎에 앉아 탄다. 미끄럼에서 내려온 후에도 그네에서 내려온 후에도 나는 '더, 더'를 외친다.

"엄마 진짜 힘들었겠네."

"힘들었지. 그래도 행복했어."

엄마가 열심히 달리기를 한다. 뒤늦게 배턴을 잡고 출발한 엄마가 열심히 달려 앞서 가는 주자들을 따라잡는다. 마지막 주자를 거의 따라잡았을 때 결승선이 나타난다. 엄마는 2등으로 들어왔다. 그 장면을 보고 내가 막 운다. 1등을 못했다고 막 운다. 엄마는 곤란해하며 내 눈물을 닦아 준다. 그래도 눈물을 그치지 않자 미안하다고 사과까지 한다.

"아무리 유치원생이라지만 진짜 철이 없었네."

"진짜 당황했어. 네가 어릴 때 승부욕이 엄청 강했거든. 지금 다시 보니 참 귀엽다."

어두운 저녁에 엄마와 내가 나란히 걷고 있다. 이제 내 키가 엄마의 어깨까지 닿았다. 손에는 아이스크림이 들려 있었다. 앞을 보며 걷던 우리가 고개를 돌려 서로의 얼굴을 본다. 눈길이 마주치자 우리는 깔깔 웃는다. 다시 앞을 보고 걷다가 동시에 또 고개를 돌리고 시선을 맞춘다. 그리고 또 깔깔 웃는다.

"나 저 날 기억나, 엄마."

"우리는 저렇게 아무것도 아닌 것도 함께하며 웃곤 했어. 우리만의 그런 신호들이 있었잖아."

"맞아, 손 잡을 때 검지로 서로의 손바닥 간지럽히기, 양치하고 나서 후 하고 입 냄새 풍기기."

"갑자기 달려들어 씨름을 하기도 했잖아. 한 명은 붙잡으러 다니고 한 명은 도망 다니고."

좋은 기억이라고는 없는 줄 알았는데 엄마와 함께 지낸 하루하루가 온통 기쁨이었다. 언제부터인가 다른 사람들의 시선을 의식하느라 그 순간들이 얼마나 소중한지 모르고 흘려보냈다.

엄마와 나란히 앉아 영화를 보듯 우리의 시간들을 공유하니, 다른 사람들은 눈에 들어오지 않았다. 엄마와 나, 둘만의 시간이 오롯이 보였다.

"엄마, 나를 포기하지 않고 낳아 주고 지켜 줘서 고마워."

"네가 있어서 엄마가 참 행복했어."

모든 것을 기억하며 살 수는 없겠지만 엄마가 내 세상의 전부였던 시절을 잊고 있었다는 게 너무 미안했다. 엄마에게도 나 자신에게도.

"나는 저 위에서 언제나 엄마를 바라보고 있을 거니까, 엄마는 자신을 위해서 잘 살아야 해. 꼭."

"알았다니까."

흰 벽이 미세하게 흔들리기 시작했다. 시간이 다 된 모양이었다.

"엄마, 나 이제 가야 해."

"우리 아들, 벌써 가? 조금만 더 있으면 안 돼?"

"응, 엄마. 이제 정말 가야 돼. 엄마 잘 지내. 엄마를 위해 맘껏 살아. 그건 나를 위한 것이기도 하다는 걸 잊지 말아 줘. 꼭이야, 알았지?"

"현아, 엄마가 한 번만 안아 봐도 돼?"

나는 대답 대신 두 팔을 벌렸다. 엄마가 나를 안았다. 나는 키가 점점 작아져 엄마와 같아지더니 더 작아져 꼬맹이가 되는 느낌이었다. 엄마가 팔에 힘을 줄수록 나는 더 작아졌다. 아무리 슬프고 울적해도 이렇게 안기면 모든 것이 괜찮아지던 시절로 돌아간 것 같았다.

벽의 흔들림이 심해졌다. 엄마는 나를 더 꼭 끌어안았다. 잠시 후 나는 엄마의 팔을 풀고 한 걸음 뒤로 물러섰다.

"현아, 내 아들, 잘 가. 조심히……."

엄마의 뒷말은 흐느낌에 뭉개졌다. 눈앞이 부예져서 엄마
가 희미하게 보였다. 힘주어 손을 흔들었다. 엄마도 마주 흔
들었다.

만남의 광장

옥상에서 나왔다. 엄마는 눈물이 그렁한 채, 웃으며 나를 배웅했다. 문을 열며 돌아보니 흰 연기에 쌓인 엄마는 백조 무리 속의 검은 고니 같았다.

"잠깐 이대로 있고 싶어요."

만남의 방 앞에 서서 나는 허공에 대고 말했다. 내려앉으려던 만남의 방을 등지고 나는 가만히 서 있었다.

잠시 후 검은 고니는 흰 연기 사이로 사라졌다. 모두 침묵 속에 나를 바라보고 있었다.

"원래 최은숙 님이 마지막으로 만나야 할 사람이 이경 님이었습니다. 그런데 만남의 기회를 이현 님에게 넘기고 싶어했죠. 두 분 다 이경 님과 풀어야 할 감정이 있기 때문에, 세

분의 동반 만남을 기획한 것입니다."

나는 갓에게 고개 숙여 감사를 표현했다. 그리고 은숙 씨를 돌아봤다. 은숙 씨는 내 눈을 제대로 바라보지 못했다.

"아들이 군 입대를 면제 받기 위해 경이를 찾아갔다는 것은 오늘 처음 알았어요. 현이 공을 놓친 것도 결국에는 아들 때문이었던 거 같고……. 이 모든 죽음이 아들로부터 시작되었다니, 할 말이 없어요."

은숙 씨의 얼굴은 대사를 잊은 배우처럼 굳어 있었다.

"나이가 들면서 나를 돌아보게 되더군요. 악착같이 돈을 버는 게 최고의 미덕이라고 생각했는데, 그게 아니었다는 것을 깨닫게 되었고요. 내가 저지른 잘못을 뉘우치며 울기도 많이 울었어요. 사실 우리 매니저 경미 씨를 보면 늘 경이가 떠올랐어요. 경미 씨처럼 경이도 잘 살길 바라면서도 늘 경이를 떠오르게 하는 경미 씨가 부담스러웠죠. 두 번째 만남에서 경미 씨에게 그동안 하고 싶다던 장학 재단을 설립해 보라고 했어요. 나나 경미 씨나 경이처럼 혼자 아이를 키우는 가정과 교통사고 피해자 가족을 위한 지원을 하는 재단이요."

"최은숙 님, 정말 멋있는 결정입니다. 사려 깊은 배려와 진솔한 사죄의 모습도 정말 감동입니다."

갓이 손뼉을 치며 말했다.

"어머니에 대한 사랑과 감사의 마음을 발견한 이현 님도 멋지고요. 그대의 모습에 마음이 뭉클해졌습니다."

그대라니, 너무 오글거리는 표현이다. 모두들 어색한 웃음을 보였다. 그러거나 말거나 갓은 말을 이어 갔다.

"자, 이제 최은숙 님에게 준비한 선물을 볼까요?"

"내가 선물 받을 자격이 되나요?"

"사람들은 모두 부족한 면이 있습니다. 어떻게 사람이 완벽하게 모든 일을 잘 해내겠습니까? 문제는 그 잘못에 대한 성찰이죠. 최은숙 님이 이경 님과 이현 님을 대하는 태도와 고백이 아주 훌륭했습니다."

혹시 만남권을 더 사용할 수 있게 해 주나?

"아니요, 만남 횟수를 더 드릴 수는 없습니다. 다만!"

갓의 말끝에 멀리서 왈왈, 강아지 울음소리가 들렸다. 소리는 점점 가까워졌지만 바닥에 깔린 연기 때문에 정체는 보이지 않았다. 은숙 씨의 눈이 커졌다. 믿을 수 없다는 표정이었다. 소연 누나와 소준이 형도 소리 나는 쪽으로 몸을 이리저리 움직였다. 그때 강아지 한 마리가 폴짝 뛰어올라 은숙 씨의 품에 안겼다.

"봉아!"

봉이는 작은 핑크색 혀로 은숙 씨의 얼굴을 마구 핥았다.

"내가 키우던 강아지예요. 외롭고 쓸쓸할 때 봉이가 나를 지켜 줬어요. 이 년 전인가 무지개 다리를 건널 때 나중에 꼭 만나자고 약속했는데 진짜 이렇게 만났네요. 고마워요, 갓."

갓은 어깨를 으쓱해 보였다.

"이현 님께는 만남권을 한 번 더 쓴 것이 제 선물이었습니다. 제겐 아주 위험한 선물이었죠."

나는 다시 한번 고개를 숙였다.

"김소연 님에게 드리는 선물은."

갓은 손을 뻗었다. 그 방향에 소준이 형이 있었다.

"그렇죠. 저처럼 완벽한 선물이 어디 있어요? 결혼도 못 해 보고 죽은 누나를 위해 한걸음에 달려왔잖아요. 죽지 않았어도 결혼은 못 했을 수 있지만."

"뭐?"

소연 누나가 형의 등짝에 스매싱을 날렸다.

"이봐, 이봐, 이러니 누가 좋아하겠냐고. 손 엄청 매워. 핵주먹이야."

"갓, 선물 반품도 됩니까?"

소연 누나의 말에 모두 웃었다. 나도 오랜만에 마음 편히 웃을 수 있었다. 갓은 스마트워치를 조작하더니 말했다.

"여러분, 모두 김소연 님을 좀 봐 주세요."

소연 누나는 얼굴이 발그레 상기되어 있었다. 처음 봤을 때와 완전히 다른 사람이 되어 있었다. 생기 가득한 얼굴로 사람들의 눈을 바라보며 대화했다. 자기의 생각과 감정도 편히 이야기하고 있었다. 불안 때문에 최악의 상황을 상상하는 모습은 전혀 찾아볼 수 없었다.

"여러분 눈에도 보이시죠? 김소연 님의 변화가."

나는 고개를 크게 끄덕였다.

"방금 김소연 님도 저승에 들어가실 수 있게 되었다는 연락을 받았습니다. 저승에 가서도 약간의 관문을 거쳐야 하지만, 일단은 합격입니다."

나도 모르게 손뼉을 치고 있었다. 소준이 형은 그럴 줄 알았다는 듯 소연 누나의 머리를 헝클었다. 부끄럽게 웃던 소연 누나가 다시 주먹을 들었다. 소준이 형은 멀찍이 달아났다. 은숙 씨도 두 손을 맞잡고 잘되었다고 되뇌고 있었다.

"저승에 가면 어떻게 되는 거죠?"

"일단 이승에서의 고단했던 삶을 내려놓고 편안히 쉬게 될 거예요."

"영원히 쉬게 되나요?"

소연 누나가 또 물었다.

"그건 여러분의 선택에 달려 있습니다. 새로운 사람들을 만나 가족처럼 지내며 영원히 휴식을 취하는 분도 계시고."

"나처럼 환생스쿨에서 환생을 준비하는 사람도 있어요. 환생을 도와주는 도우미가 되는 분들도 있고."

소준이 형이 덧붙였다. 갓은 흐뭇한 미소를 지으며 고개를 끄덕였다. 일단 우리가 새 가족으로서 함께하게 되는 거였다. 나는 은숙 씨를 바라보았다. 은숙 씨는 계속 내 눈길을 피하고 있었다.

"할머니."

은숙 씨, 아니 할머니가 놀란 눈으로 나를 바라보았다.

"엄마에게 진실된 사과를 해 줘서 고마워요."

나는 오른손을 내밀었다. 할머니도 오른손을 내밀었다. 할머니의 오른손은 떨리고 있었다. 우리는 정중하게 악수를 나누었다. 처음 만난 사람들처럼. 소연 누나가 할머니의 어깨를 감싸 안았다. 소준이 형은 팔꿈치로 나를 슬쩍 밀었다.

"현아, 고맙다."

할머니가 두 손으로 내 손을 감싸며 말했다. 나도 왼손으로 할머니의 손을 감쌌다. 네 개의 손이 단단히 뭉쳐져 커다란 하나의 손처럼 보였다. 나는 소준이 형을 바라봤다.

"왜 나를 빤히 보냐?"

"형도 괜찮지? 할머니랑 나랑 소연 누나랑 함께 지내는 거."

"너 지금 나한테 형이라고 했냐? 이승 십팔 년 저승 십 년 총 이십팔 년, 평생 소원이 남동생 갖는 거였어. 괴팍한 누나 말고. 나 어렸을 때 누나한테 남동생 낳아 달라고 했다가 등짝 스매싱 당하고 그랬다니까. 형이 될 수만 있다면 무조건 오케이야."

"그럼 됐네요. 우리는 새 저승 가족. 은숙 할머니랑 소연 누나랑 소준이 형이랑, 이현."

"그런데 현이 너 다른 사람들한테는 다 존댓말 쓰면서 나한테는 왜 반말이야?"

"형한테는 반말 쓸 거야. 나는 래퍼고 최연소 사망자니까 내 마음대로 할 거라고."

그때 봉이가 할머니의 품에서 소준이 형에게로 폴짝 튀어 갔다.

"엄마야, 깜짝이야."

"소준아, 우리한테 엄마가 어디 있니? 하여간 상황 판단을 못 해."

"힝, 왜 나만 갖고 그래?"

나는 매우 동생 같은 소준이 형이 마음에 들었다. 갓이 우리를 웃으며 바라보다 오른손 검지로 총을 쏘듯 한쪽 허공을 가리켰다. 흰 연기가 몽글몽글 피어오르더니 아치형의 통로를 만들어 냈다. 저승으로 통하는 문인 듯했다.

"그런데 갓, 만일 시간이 흐르고 흘러서 우리 엄마나 소연 누나 아버지가 여기로 오시면 저승 가족은 어떻게 돼요?"

갑자기 궁금해져 갓에게 물었다.

"어떻게 되긴 뭐가 어떻게 됩니까? 대가족이 되는 거지."

갓의 대답은 명쾌했다.

"그런데 그때 여러분은 저승에 없을 수도 있습니다. 이미 환생한 후가 될 수도 있으니."

소준이 형은 봉이를 어떻게 안아야 할지 몰라 엉거주춤했다. 소연 누나는 형의 팔을 꼬집으며 봉이 안 떨어지게 조심하라고 잔소리를 했다. 그 뒤를 할머니와 내가 따랐다. 모두 아치문으로 들어갔다. 나는 문 앞에서 잠시 멈췄다.

"갓, 우리 전에 만난 적 있지 않아요?"

"그럴 리가요. 나는 죽어야만 만날 수 있는 사자라는 거 잊었어요?"

"아까 갓이 나한테 반말했을 때요."

"내가 언제요? 나는 영혼들에게 절대 반말하지 않습니다. 아시다시피 나는 개인적인 감정에 휘둘리지 않는 베테랑 가이드잖아요."

"에이, 했잖아요. '네 마음을 안다, 내가 잘 알아' 그랬잖아요. 그 목소리가 너무 귀에 익었어요."

"그럴 리가요."

"분명히 들어 본 목소리였다고요."

"사실은 가끔 수호천사 알바를 하기도 하죠."

수호천사 알바?

"동생아, 뭐 해? 얼른 와."

아치문 너머에서 소준이 형이 소리쳤다. 문으로 들어가며
뒤를 돌아보았다. 펑 하는 소리와 함께 아치문이 사라지면서
'어린 영혼을 돌보는 다정한 선생님이나……' 하는 갓의 목소
리가 희미하게 들려왔다. 다정한 선생님? 그럼 혹시 기린 선
생님?

어느새 곁에 온 소준이 형이 내 팔을 잡아끌었다.

"할머니랑 누나가 기다리잖아."

나는 저 앞에서 손을 흔들고 있는 두 사람을 향해 힘차게
뛰기 시작했다.

죽음과 삶에 대해
동시에 이야기하기

여기 죽음을 맞이한 세 사람이 있다. 모든 죽음이 그러하 겠지만 열여섯 현의 죽음은 더 아깝고 안쓰럽다. 어린이나 청 소년의 죽음은 유독 마음을 흔들어 놓는다. 그런데 이런 죽음 이 세상에는 널려 있다. 누군가의 잘못으로 세상을 일찍 떠난 아이들이 너무나 많다. 그들의 넋에 조금이라도 위로를 건넬 수 있다면 더 바랄 게 없겠다고 이 작품을 쓰는 내내 간절히 바랐다.

사실 이 작품을 쓰기 전까지 나는 내가 죽음에 관심이 많 다는 것을 알아차리지 못했다. 주변 사람들의 죽음을 상당히 깊게 경험해 왔다는 사실도 작품을 쓰면서 알게 되었다. 어떤 죽음에 대해서는 소리 내어 울며 애도했지만 어떤 죽음 앞에는 국화 한 송이조차 놓을 수 없었다. 또 어떤 죽음은 오래도록 내 마음에 남아 여전히 눈물을 뚝뚝 흘리고 있다. 성수대교와 삼풍백화점이, 그리고 세월호가 그렇다.

죽음은 우리 삶과 맞닿아 있다. 그렇기에 두려움과 슬픔의 대상이기도 하다. 나도 사랑하는 사람들을 이곳에 남겨 두고 홀로 떠나야 한다는 것이 두려워 이런 작품을 쓰게 된 것인지도 모르겠다. 죽음이 모든 것의 끝은 아닐 것이라는 마음도 담고 싶었다. 또 하나 바라는 것이 있다면 온통 슬픔과 고통으로 마음에 남아 눈물 흘리는 죽음은 이제 그만 발생했으면 좋겠다는 거다.

이 작품이 내게 오기까지 많은 이들에게 기대었다. 나와 인연을 맺은 많은 사람들이 들려준 사랑과 이별의 경험들이 내 안에 차곡차곡 쌓여 이야기가 되어 흘러나왔다.

특히 죽음 이후의 세상에 대해서는 정현채 님의 『우리는 왜 죽음을 두려워할 필요 없는가』(비아북, 2023)에서 영감을 받았다. 기분 부전 장애를 이해하는 데에는 백세희 님의 『죽고 싶지만 떡볶이는 먹고 싶어』(흔, 2018)의 도움을 받았음을 밝혀 둔다.

죽음에 대해서 고민을 하다 보니 내가 살고 있는 이 삶이 얼마나 소중한지 더 깊게 느껴졌다. 내 옆에 있을 때 손 한 번 더 잡아 주고, 사랑한다고 한 번 더 말해 주는 우리가 되면 좋겠다. 가끔 행복하고 더 자주 불행하다 느낄지라도 오늘 살아 있음에 감사하며 생을 소중히 보듬을 수 있으면 좋겠다, 우리 모두.

2024년 겨울,

윤수란

플랫폼Z; 만남의 광장

ⓒ 윤수란, 2024

초판 1쇄 발행 2024년 12월 30일

지은이 윤수란
펴낸이 김혜선 **펴낸곳** 서유재 **등록** 제2015-000217호
주소 (우)04034 서울 마포구 잔다리로7길 18(서교동 377-20) 504호
대표메일 seoyujaebooks@gmail.com
종이 엔페이퍼 **인쇄** 성광인쇄

ISBN 979-11-89034-92-4 43810

이 책은 경기도, 경기문화재단의 지원을 받아 발간되었습니다.